SELVAGEM

MARÍLIA PASSOS

Selvagem

EDITORA
Labrador

Copyright © 2022 de Marília Passos
Todos os direitos desta edição reservados à Editora Labrador.

Coordenação editorial
Pamela Oliveira

Preparação de texto
Ligia Alves

Assistência editorial
Leticia Oliveira

Revisão
Carla Sacrato

Projeto gráfico, diagramação e capa
Amanda Chagas

Imagem de capa
Bruno Feder

Dados Internacionais de Catalogação na Publicação (CIP)
Angélica Ilacqua CRB-8/7057

> Passos, Marília
>   Selvagem / Marília Passos. -- São Paulo : Labrador, 2022.
>   208 p.
>
>   ISBN 978-65-5625-274-2
>
>   1. Ficção brasileira I. Título
>
> 22-5348   CDD B869.3

Índice para catálogo sistemático:
1. Ficção brasileira

Editora Labrador
Diretor editorial: Daniel Pinsky
Rua Dr. José Elias, 520 – Alto da Lapa
05083-030 – São Paulo – SP
+55 (11) 3641-7446
contato@editoralabrador.com.br
www.editoralabrador.com.br
facebook.com/editoralabrador
instagram.com/editoralabrador

A reprodução de qualquer parte desta obra é ilegal e configura uma apropriação indevida dos direitos intelectuais e patrimoniais da autora. A editora não é responsável pelo conteúdo deste livro.
Esta é uma obra de ficção. Qualquer semelhança com nomes, pessoas, fatos ou situações da vida real será mera coincidência.

*Para Martha,
em sua memória e com meu amor*

> "AMOR É
> A GENTE QUERENDO
> ACHAR O QUE É
> DA GENTE."

Guimarães Rosa, *Grande Sertão: Veredas*

REVOADA

Ele me tirou para dançar. Naquele bar sujo, em ruínas, ele pegou em minha cintura e pediu que eu apoiasse a cabeça em seu ombro. *Pode chorar*, disse. Meu coração pesava, mas pela primeira vez senti seu cheiro de perto. Seu ombro era grande, forte. Fechei os olhos e deixei que ele me conduzisse por aquela música que não deveria nunca ter terminado. *Stand by me, Stand by me, Stand by me*. Ali, percebi que sua mão poderia me conduzir para qualquer lugar do mundo. Ao lado dele, a dor, o cansaço, o desespero viravam névoa, miragem. Meus erros, minhas escolhas, tudo foi perdoado. De repente, quando eu menos esperava, toda a minha vida fez sentido, pois me levou àquele lugar, àquele momento, me levou até Nino.

Seis meses depois, Nino não existia mais. Eu sempre soube que chegaria a hora em que teria que sobreviver sem ele. Chorando ou rindo, tanto faz. Nino foi a coisa mais importante da minha vida. Bastava saber que ele existia, que estava a poucos metros de mim, na barraca ao lado, tentando salvar um homem atingido por uma bala ou fazendo amor com uma médica eslovena, saber que ele existia dava sentido à minha vida. Com toda a fúria desordenada que foi nossa história, minha paixão, nosso último encontro, com tudo isso, ele me resgatou de uma existência mecânica e sem sentido.

Sempre procurei o romance ideal. Quando era adolescente, minha cabeça vivia povoada pelos personagens mais dramáticos e apaixonados da literatura. *Os trabalhadores do mar*, *O morro dos ventos uivantes*, *Anna Karenina*. O amor não deveria ser nada menos do que isso. Mas aí a gente cresce e vai aprendendo que a vida está mais para cotidiana e rasa do que para a intensidade dos romances. Um namorinho aqui, outro ali, e nossa ideia de relacionamento acaba se transformando num encontro momentâneo. Um garoto que estuda na sua escola e que te leva para a boate no fim de semana, ou um calouro como você que passa um tempo morando em sua república, ou um cara que te esnoba e só por isso você resolve que quer ser alguém para ele.

Tive alguns namorados, me diverti com eles, briguei e chorei, mas nenhum passou perto de ser um grande amor como aqueles com que sonhava. Até o dia em que cheguei ao campo de refugiados de Bentiu e vi Nino sair de uma tenda sujo de sangue, gritando e jogando coisas para o ar. Ele se sentou no tronco de uma árvore caída, de cabeça baixa. Uma criança muito magra, vestindo uma roupa rasgada, se aproximou. Ele viu o menino, o abraçou e começou a chorar. Não consegui me mover. A cor do seu cabelo, sua pele, o tamanho do seu braço, a intensidade de sua dor, ele todo pulou de um daqueles livros da minha adolescência e nunca mais houve um dia em que eu escolhesse uma roupa ou penteasse o cabelo sem pensar que o fazia para ele.

Quando olho para trás, para a minha vida antes de Nino, me vejo como uma mancha escura se arrastando pelo mundo. Vivia cansada. Tinha sempre a desculpa de que eram as noites maldormidas por conta dos partos, mas sabia que não era isso. Muitas vezes, depois de uma noite inteira esperando um bebê nascer, eu pedia para a secretária cancelar minha agenda para que eu pudesse descansar, mas ao chegar em casa, não conseguia dormir mais que duas horas. Rolava na cama até me levantar e ir fazer o que mais me dava prazer: compras. Roupas, joias, sapatos, bolsas. Esse era meu único prazer. Eu me consolava consumindo coisas, mas não sabia por que precisava de consolo. Carlos dizia que viver era pesado mesmo, que, quando não estávamos conseguindo sozinhos, precisávamos pedir ajuda, e ele me ajudava com remédios.

Às vezes eu achava que o meu problema era trabalhar demais, aí prometia a mim mesma que teria menos pacientes, trabalharia menos, procuraria outras coisas que me dessem prazer além de roupas e sapatos. E então, quando chegava a fatura do cartão de crédito, percebia que não poderia diminuir o ritmo. Carlos me dizia para parar, que ele daria conta de tudo, mas, cada vez que ele vinha com aquele papo de "descontinho" — até para uma corrida de táxi ele pedia um "descontinho" —, eu desistia. Se minha doença era gastar todo o meu dinheiro, a doença dele era o tal do "descontinho".

Mas como dizer para um psiquiatra que ele tem uma doença? O especialista em doenças humanas era ele, era ele que sabia comportar o mundo, e todo o resto, todas as pessoas com suas cabeças doentes; ele ajudava com a indústria farmacêutica.

Eu tomava remédio para acordar, para dormir e para sorrir. E mesmo assim, no final do dia, me sentia extremamente abatida ao me encarar e ver apenas uma sucessão de erros. E eu me perguntava quais erros eram esses. Minha profissão era uma das mais incríveis do mundo. Eu ajudava bebês a nascer. Semanalmente, uma vida vinha ao mundo pelas minhas mãos. Nunca achei que existisse algo mais mágico, por isso escolhi ser obstetra. Mas o que é o mundo além de um espelho de nós mesmos? O bebê nascia, eu o colocava nos braços da mãe, e em seguida pensava que, se ela tivesse um pouco de sorte, seus sonhos maternais não se tornariam uma decepção tão grande. Eu avançava o filme e as vias de pijama, semiloucas, depois de dias sem dormir, se arrastando pela casa e se perguntando por que o marido não podia ao menos se levantar da cama. E aquele cansaço futuro era meu. Eu que despejava na vida tudo que desconhecia a palavra prazer.

Mas existe um impulso de vida inerente a nós. Ao menos é nisso que acredito. E um dia, navegando na internet, vi que os Médicos Sem Fronteiras estavam buscando profissionais da área da saúde. Eu conhecia essa história, e me dizia que, se já não tinha dado certo uma vez, por que eu iria repetir o mesmo erro? Mas aquilo que chamei de impulso de vida me fez entrar no site da organização.

Alguns meses depois, me vi sentada com Carlos à mesa de jantar, sem fome. Havia cozinhado um macarrão com legumes, e a única coisa que Carlos disse foi:

— De novo esse macarrão?

Pensei em dizer que ele havia chegado mais cedo do consultório que eu da maternidade, e que ele mesmo poderia ter se ocupado com o jantar. Pensei em dizer também que o parto havia sido difícil e que tivera que fazer uma cesárea depois de mais de quinze horas de tentativas de parto normal, que estava cansada, e outra porção de coisas, enquanto o observava com o celular nas mãos. Ele mastigava, resignado, o macarrão. Parecia que de nós não esperava mais nada, e que, enquanto houvesse o celular para o entreter em um jantar comigo, ficaríamos juntos até que a morte nos separasse.

Quantas brigas, desentendimentos e falta de interesse pela vida um do outro foram necessários para a construção daquele silêncio? Tínhamos construído aquilo juntos? Pensei em puxar mais uma conversa sobre nós, dizer que precisávamos resgatar algo do que fomos um dia, ordenar que ele largasse o celular. Empurrei o prato para o centro da mesa. Sabia que uma nova conversa seria recebida como aquele macarrão:

— De novo essa conversa?

Fiquei observando ele deslizar as imagens do Instagram para cima, displicentemente. Demorou para ver que eu olhava para ele:

— Que foi? — ele disse por fim, sem tirar os olhos do telefone.

— Carlos, vou ficar um tempo fora.

Ele ainda rodou duas ou três imagens no aplicativo. Curtiu a última, e depois me encarou:

— Um tempo fora? Você vai para onde, Mariana?

— Isso importa?

— Como assim *isso importa*? Você se senta na mesa do jantar e do nada diz que vai ficar um tempo fora?

— Desculpe te avisar assim.

— *Desculpe te avisar assim*? Você lembra que nós temos um filho?

— Preciso que você cuide dele nesse tempo. Eu vou, mas volto.

— Como assim *volta*?

Carlos também empurrou seu prato para o meio da mesa. Havia comido todo o macarrão.

— Para onde você vai?

— Para o Sudão do Sul. Me inscrevi num programa dos Médicos Sem Fronteiras.

Carlos começou a rir. Riu um bocado, e nada me irritava mais do que ele rir de mim. Era sua forma predileta de me diminuir.

— Então vai voltar rápido... — sentenciou com leveza, me deixando sem entender se havia alívio ou ironia em sua voz. — Onde fica o Sudão do Sul? África?

— É um país novo da África. Meu voo sai quarta que vem.

— Daqui a uma semana?!

— Sim. Já conversei com o Bento, disse que em seis meses estou de volta. Falei que eu não estou bem, que nós não estamos bem, e que eu preciso desse tempo para mim.

Carlos ficou me observando. Eu não conseguia disfarçar minha insegurança com aquela viagem.

— Vai lá, Mariana. Pode deixar que eu cuido da nossa vida aqui — ele respondeu, de forma tranquila.

Nossa vida aqui. Levantei da mesa, aliviada.

———

Eu conhecia essa história de ingressar nos Médicos Sem Fronteiras para fugir de um relacionamento. Já tinha vivido isso e sabia que a vida humanitária não era para mim. Então para que repetir essa tentativa dramática de sair de uma relação? Quase vinte anos haviam se passado desde que eu deixara meu primeiro noivo às vésperas do casamento e eu ainda não era mulher suficiente para assumir minhas escolhas. Mais uma vez precisei me candidatar a um trabalho humanitário como se fosse um pedido de perdão, uma resposta a todas aquelas vozes. Como ela pode não ser feliz? Ela tem tudo! Como ela pode deixar o noivo? Como ela pode abandonar o marido e o filho? O que espera da vida essa Mariana?

A primeira vez que participei dos Médicos Sem Fronteiras eu tinha vinte e poucos anos. Jurei que nunca mais. Dos seis meses que passaria em Bangladesh, fiquei apenas três, o suficiente para estar fora do Brasil enquanto os ânimos da minha família se acalmavam. Eu havia cancelado o noivado a menos de um mês do casamento. Quando percebi que não seria feliz com meu noivo, fui embora. Anos depois, um casamento depois, um filho depois, me vi fazendo a mesma opção: indo para um lugar onde as tragédias são tão extremas que não sobraria espaço para sofrer a destruição de meus sonhos. Uma guerra civil, vidas destroçadas e a tristeza das pessoas que eu atenderia serviriam de alívio do meu próprio sofrimento. Conviver diariamente com tragédias verdadeiras me parecia a melhor escolha. Do contrário, no Brasil, no conforto da minha vida, talvez não saísse da cama.

Na última semana em Belo Horizonte, Carlos, Bento e eu parecíamos estranhos dividindo a mesma casa. Ninguém falava com ninguém. Eu já tinha conseguido os vistos necessários para a viagem; faltavam apenas os exames de saúde que a organização pedia. Fechar o consultório foi emocionalmente exaustivo. Muitas pacientes choraram, não queriam ser encaminhadas para outra obstetra, algumas disseram que eu era insubstituível. Eu não imaginava essa reação e, no intervalo dos atendimentos mais emotivos, cheguei a pegar o telefone para cancelar a viagem. Mas sempre desistia. Sabia que ir para o Sudão do Sul, um dos países mais pobres e perigosos da África, era uma tremenda idiotice, mas eu precisava ir embora de Belo Horizonte o quanto antes. Partir de mim.

Bento me acompanhou até o aeroporto. Meu filho não era mais a criança que vivia me abraçando e pedindo que eu brincasse de bola com ele. Agora era um adolescente estranho que vivia na casa dos amigos e que invariavelmente me chamava de chata, mas quando eu disse que estava pensando em me separar do pai dele e que precisava de um tempo longe para organizar minha cabeça, ele pareceu me ver. Não mais como um menino à procura de afeto, e sim como um homem que estava lutando para entender o mundo. Não perguntou nada e ficou ali, me olhando. Uma semana toda me olhando. No dia anterior à minha partida, disse que iria comigo até o aeroporto. Fizemos todo o trajeto em silêncio e, apesar de nosso constrangimento, sabíamos que, ao estarmos ali, juntos, confirmávamos o pacto que fizemos quando ele nasceu: somos uma família.

Antes do embarque, nos abraçamos. Fazia bastante tempo que não nos encostávamos. Chorei. Ele não gostava de me ver chorando e manteve o olhar baixo até eu entrar na área de embarque. Senti que ficou colado no vidro que o separava do saguão principal, mas não olhei para trás. Tinha que admitir que não precisava de um tempo apenas de Carlos. Bento também tinha se tornado um peso para mim.

Seriam quatro voos até chegar ao campo de refugiados de Bentiu, no norte do Sudão do Sul, um país com um dos piores índices de desenvolvimento humano da África. O MSF havia mandado um grande volume de material para eu ler, o qual folheei com distanciamento. O texto começava dizendo que no Sudão do Sul havia mais de sessenta grupos étnicos, grande parte dos quais seguia sua própria religião e que até a independência vivia em conflito com o norte do país, onde o islamismo era a religião predominante. Em 2011, com quase cem por cento da população votando a favor, o Sudão do Sul conseguiu ficar independente do Sudão e o que era para ser o começo da paz acabou se tornando uma guerra civil ainda mais destrutiva. Os grupos armados do presidente, Salva Kiir, e do vice-presidente, Machar, que haviam lutado juntos pela independência e que eram membros das tribos rivais dinka e nuer, estavam agora destruindo o país, tendo feito mais de quatro milhões de pessoas abandonarem suas casas em busca de proteção.

Mulheres atacadas, crianças soldados, desnutrição, campos de refugiados e organizações humanitárias. *Bunkers*, comida enlatada e atentados. Eram essas as palavras ligadas à vida dos agentes humanitários. Eu olhava para tudo como quem folheia um fôlder de turismo de um país para o qual você nunca vai viajar, e nem mesmo quando peguei o voo da Nigéria para o Sudão do Sul pensei que aquele inventário de palavras passaria a fazer parte da minha vida. Só quando desembarquei no aeroporto pequeno e sujo de Juba, a capital do país, onde uma pequena multidão se estapeava sem nenhum propósito, alguns desses termos começaram a tomar corpo diante de mim.

Na imigração, um oficial, sentado de maneira displicente diante de uma mesa torta e carcomida, carimbou meu passaporte de forma rude, enquanto acariciava o enorme rifle que atravessava seu corpo. Sua testa era toda marcada com escarificações, e gotas de suor escorriam entre elas em zigue-zague. Perguntei se sabia de onde saía o voo para Bentiu, mas ele me ignorou.

Segui andando pelo fluxo de pessoas ao meu redor. Em nada parecia estar dentro de um aeroporto; minha sensação era a de estar deixando um estádio de futebol, com todos se trombando e gritando. As pessoas eram muito barulhentas, suas roupas eram muito coloridas, e todos eram muito altos. Eu havia lido algo sobre o povo mais alto do mundo, e estava aterrorizada com minha insignificância naquela multidão.

Havia, mais uma vez, tomando a decisão errada.

Sem saber para onde ir, fui sendo arrastada até ver a esteira onde estavam as malas do meu voo. Quando a minha apontou, fiquei aliviada. Nem tudo estava perdido, pensei, e, tomando coragem, procurei naquele aglomerado de gente alguém que pudesse me dizer onde eu pegaria o próximo avião. Papéis jogados pelo chão se enganchavam nas rodinhas da mala e eu toda hora me agachava para retirá-los. Um carregador veio até mim oferecendo seus serviços e sorrindo. Agradeci, e perguntei se ele sabia onde ficava o embarque para Bentiu. Ele me estendeu a mão, eu lhe passei cinco dólares, mas o moço continuou na mesma posição, enorme e sorridente. Eu não iria discutir. Queria ver Carlos ali, pedindo um descontinho. Abri a carteira e peguei mais dez dólares. Por fim ele se mostrou satisfeito e carregou minha mala até uma sala que ficava do outro lado do aeroporto.

Ao entrar, fui transportada do caos para uma pequena festa particular. Todos na sala conversavam animadamente. Pareciam amigos de faculdade que não se viam havia um tempo. A tensão da área do desembarque fazia parte de outro mundo, um mundo barulhento e perigoso que em nada se assemelhava àquela comemoração de jovens humanitários. Era também o lugar mais diversificado do aeroporto, com várias nacionalidades confraternizando em inglês. Negros, brancos e orientais se vestiam de calça jeans, camiseta e casaco esportivo. Nas costas, uma mochila. Eu estava de legging com uma malha de linha e um lenço de seda no pescoço. Usava botas de couro e algumas joias. Ao meu lado, uma mala tão grande que caberiam nela todas as mochilas daquela sala.

Era claro que eu estava na sala errada, que era uma forasteira, uma errante. *Aquela que comete erros*, podia ouvir Carlos dizendo. Rebati como se ele estivesse ao meu lado. *Um errante é um nômade*. Vi Carlos rindo. Ele sempre dizia que a vida, apesar de pesada, era bem divertida. *Então vai voltar rápido*, ele repetiu, como no nosso último jantar. Coloquei meus óculos escuros. Como não havia um único banco na sala, sentei sobre a mala e, tentando me animar, disse a mim mesma que ela não serviria só para passar vergonha.

Depois de um tempo, uma moça jovem, loira e de olhos muito claros veio até mim com uma simpatia que evidenciava minha condição de novata. Perguntou de onde eu vinha e se era minha primeira missão. Respondi que havia estado em Bangladesh, mas já fazia anos. Com um aceno de cabeça e um sorriso no rosto, ela passou a informação de que estava há mais tempo se dedicando ao sofrimento dos mais necessitados.

— Então é sua primeira vez no Sudão do Sul?

— Sim.

Ela fez cara de condolências, o que me fez pensar se eu estava no Sudão do Sul e ela em algum resort no Taiti.

— Veio por qual organização?

— MSF.

— Ótimo. Médica?

— Obstetra.

— Que bom. Eles precisam muito da nossa ajuda — ela falou, olhando em direção ao outro mundo, àquele que se estapeava do lado oposto do aeroporto.

— Eu me chamo Agnez. Trabalho numa ONG alemã que constrói abrigos para os recém-chegados.

— Legal.

Eu não sabia muito como continuar a conversa, estava exausta da viagem.

— Qual o seu nome?

— Mariana.

— Maria?

— Mariana.

— Olha, já vai começar o embarque.

As pessoas da sala estavam fazendo fila em frente à saída para a pista. Eu quis ser a última. Arrastei a enorme mala até a escada que dava acesso ao pequeno bimotor, que atendia basicamente as organizações humanitárias. Precisei de ajuda para subi-la pela escada e, depois, não consegui colocá-la em nenhum compartimento. O comissário resolveu deixá-la ao seu lado, amarrada em um cinto improvisado. Sentei em uma poltrona sozinha e fiquei pensando no ridículo de tudo aquilo. O ridículo que eu era. Minha vida. Minhas escolhas. Qual o problema se Carlos e eu não tivéssemos mais assunto? Talvez ele tivesse razão: era só olhar para o celular, tomar remédios e viveríamos a vida toda juntos.

O avião decolou, e, quando o barulho das hélices diminuiu, a conversa de duas moças que estavam no banco de trás me resgatou de minha autocomiseração. Pelo que percebi, uma trabalhava no MSF e a outra na ONU. Elas falavam sobre uma colaboradora que havia saído de férias mas não iria voltar. Uma acreditava que a moça tinha voltado para Brighton para cuidar do pai, que estava com câncer; a outra, a do MSF, discordava. Era enfática ao dizer que a tal colega não poderia mais conviver com *ele*, por isso não voltaria. E, ao falarem *nele*, algo muito sutil mudou no tom de suas vozes.

As duas passaram a falar animadas de tudo que sabiam sobre *ele*. Malícia, pensei. Nem parecia que eu estava ouvindo uma conversa em um avião com pessoas humanitárias sobrevoando o Sudão do Sul; parecia a conversa de uma mesa de amigos falando animadamente do jeito como eu abandonara minha família, meus pacientes, minha vida. Imaginei os amigos de Carlos, a maioria psiquiatra que nem ele, analisando minhas contradições, minhas exigências como esposa, a maneira infantil como eu resolvia as coisas. *Sudão do Sul? Hahahaha. E ela te avisou uma semana antes?* Para eles, Carlos orquestrava as loucuras da esposa pacientemente. Já as minhas amigas, eu podia ouvi-las falando que chega uma hora em que o casamento acaba mesmo, e que ninguém aguenta ficar casado. Carlos seria um bom partido solto por aí, quem sabe até para algumas delas, e elas ririam ao me imaginar em um campo de refugiados.

Entre os dois grupos, o ponto em comum era a hilaridade de me imaginar no Sudão do Sul.

As meninas atrás de mim tinham esgotado o assunto que as deixara tão atiçadas e agora conversavam calmamente sobre as dificuldades que os MSF enfrentavam para atuar no Oriente Médio. Continuei a escutá-las, e, pela primeira vez desde que saíra de Belo Horizonte, consegui dormir. Sonhei que estava na casa em que fui criada. E que estava doente. Minha mãe pegava minha mão e era a única coisa que me tirava do delírio.

Acordei sacolejando na pista improvisada. Demorei para entender onde estava. Recolhi minhas coisas, que haviam se espalhado no pouso, e acabei sendo a última a sair do avião. Mal coloquei a cabeça para fora, senti um arrepio transpassando meu corpo. *África*, pensei, e fechei os olhos para sentir o ar quente que me envolvia como um abraço de mãe. Lembrei do meu sonho e abri os olhos, observando a paisagem árida a minha volta.

Inesperadamente, tive uma estranha sensação de intimidade com aquele ambiente, como se algo ali fosse também sobre mim. Eu me senti reconfortada até o velho inventário de palavras que precediam aquele continente voltar a me assolar: desespero, violência, fome e miséria. A paisagem árida rapidamente se tornou sem vida. Pensei no abismo entre o conforto do meu mundo e a carência desse no qual eu estava adentrando. A sensação de ser um erro e a risada de Carlos voltaram. E, pior, ainda havia a mala ao meu lado.

Uma das moças que estavam sentadas atrás de mim me viu parada na escada e se virou perguntando se eu precisava de ajuda. Respondi que não, mas ela voltou mesmo assim.

— Depois de algumas missões você aprende a viajar só com uma mochila.

Agradeci, contrariada. Tinha sido justamente para não ouvir esse tipo de comentário que tentara evitar sua ajuda. Mas ela era uma humanitária, é claro que não deixaria de me socorrer, e, se um dia fosse fofocar da minha vida, como fizera no avião, poderia abrir um parêntese e dizer, envaidecida, que havia me ajudado com a equivocada mala. A moça carregava uma mochila tão pequena que tive certeza de que ela usaria a mesma calcinha nos seis meses que ficaria por lá.

Alguns carros nos aguardavam. Entrei no último deles e pelo menos dessa vez não passei constrangimento, pois o bagageiro estava praticamente vazio. Havia mais duas pessoas no carro além do motorista, um filipino e um sul-africano. O primeiro deles, voluntário de uma ONG de que eu nunca ouvira falar, estava ali pela primeira vez e perguntou ao motorista dezenas de coisas nos quarenta minutos até Bentiu PoC, como chamavam o campo de refugiados de lá.

Rodamos por uma estrada de terra ocre que brilhava à luz do fim do dia. À margem da via, mato. Mato e gado. Tomada pela sensação do vento no rosto, eu ouvia apenas o ruído das perguntas e repostas. O cheiro que entrava pela janela do carro era cru, primário. Me lembrava o cheiro do trabalho de parto, da bolsa estourando, do corpo se empenhando em colocar a vida para fora de si. Aquele cheiro fazia parte de minha vida, e tive de novo a estranha sensação de estar voltando para casa.

Aos poucos, foram surgindo pequenas casas de barro, que foram aumentando até eu vislumbrar ao longe uma mancha cinza de barracas aglomeradas dentro de uma grande cerca de ferro.

Ali estava, o Bentiu PoC, o campo de refugiados mais populoso do país, com mais de cem mil pessoas fugidas da guerra civil. Fazia muito calor, mesmo o sol estando baixo. Eu estava sufocando com minhas botas e a blusa de linha. Pássaros grandes sobrevoavam o campo. Urubus, pensei. Dezenas, centenas deles. Plainavam impassíveis, à espreita de mais uma desgraça no emaranhado de gente abaixo deles, uma desgraça que os pudesse alimentar.

Um ruído de cidade ganhou forma, o ar se adensou, e, quando o carro parou em frente ao *compound* dos Médicos Sem Fronteiras, não havia nenhuma brisa. Jules, um francês que trabalhava na administração do projeto, estava à minha espera.

— Está muito quente hoje — ele disse, passando a mão na testa suada. — A gente acha que se acostuma, mas te digo: nunca me acostumei com o calor desta época do ano. Mariana, né? Você está vindo de que país?

— Brasil.

— Brasil? Foi lá que fez sua última missão?

— Não, minha última missão foi em Bangladesh.

Puxei a mala para fora do bagageiro. Jules olhou para ela e riu.

— Vai morar para sempre aqui?

Olhei atravessada para ele. Jules percebeu meu incômodo e mudou de assunto.

— Nunca estive em Bangladesh. Minhas missões foram todas na África. Depois de três anos, finalmente cheguei ao Sudão do Sul.

Apenas acenei com a cabeça. A densidade do ar, as gotículas de suor de Jules e aquele *finalmente* aumentavam ainda mais minha sensação de equívoco.

— Vou te mostrar o refeitório, assim você já sabe chegar aqui depois de deixar suas coisas na barraca. Vamos deixar sua mala ali; não vai dar para ficar arrastando ela por aí. — Ele apontou para um grupo de soldados fortemente armados parados em um canto.

Eu queria desaparecer com a mala, não aguentava mais carregar de forma tão explícita aquele atestado de que eu era um erro.

Caminhamos até os soldados, e Jules pediu que eu aguardasse um pouco atrás enquanto falava com eles. Depois de cinco minutos, voltou bufando:

— Dependendo da nacionalidade, eles colaboram ou não. Os americanos são terríveis! Parecem máquinas programadas! Dá aqui, eu carrego a sua mala…

— De jeito nenhum! Carreguei ela do Brasil até aqui, não é agora que vou precisar que alguém carregue para mim.

— Tá bom! O refeitório não é longe.

Seguimos em silêncio por uma viela de barro batido entre barracas de lona cinza. De dentro de cada uma delas vinham vozes, choros de crianças e músicas de rádio. Havia também um cheiro de madeira queimando e de comida sendo feita. Por fim, chegamos a uma construção de alvenaria improvisada, que se destacava em meio às tendas. Eu estava exausta de puxar a mala.

— É o único lugar com ar-condicionado… Tem dias que precisamos fazer revezamento, porque todo mundo quer ficar aqui. Vou te levar até a sua barraca agora, e depois você vem comer. Sei que está cansada, mas melhor deixar para descansar depois. O jantar fica servido só até as nove.

Minha barraca era digna de um asceta. Um lugar para dormir, que não dava para ser chamado de cama, uma mesa e uma cadeira. Havia uma comadre, uma jarra com água e uma bacia. Perguntei a Jules sobre o banheiro e ele disse que ficava do lado de fora. Fomos até lá. Chamavam de banheiro um cubículo escuro com uma latrina no meio do chão de terra.

Era o resumo perfeito de como eu me sentia. Jules notou meu desalento e tentou me animar:

— Tem porta com tranca! — disse, girando a fechadura.

— Você tem razão: preciso descansar...

Jules me encarou, descrente. Dava para ver em seus olhos que não sabia o que eu estava fazendo ali. Tudo bem, nem eu sabia. Voltei para o quarto, deitei na cama com a roupa que usava fazia mais de dois dias e dormi.

Acordei com a luz do dia, sem entender onde estava. A legging tinha comprimido tanto minhas pernas que elas reclamaram quando levantei. O sutiã tinha apertado minhas costas, fazendo fendas vermelhas na pele. Comecei a resmungar. Detestava dormir de sutiã, mas, ao olhar ao redor, para a aridez de meu quarto, desisti de ficar mal-humorada. Não adiantaria nada. Fui até a jarra que estava sobre a bacia, queria lavar o rosto, mas claro que estava vazia. Se eu não a tinha enchido na noite anterior, quem o teria feito?

Já estava calor mesmo sendo tão cedo. Tirei a blusa de linha e fiquei passando a mão sobre as marcas feitas pelo sutiã. Ao longe, podia ouvir o barulho de crianças brincando. Tive de novo a sensação de que havia uma festa perto de mim, o que me fez pensar se tudo no Sudão do Sul era assim, caos e celebração.

Jules tinha deixado comigo as instruções para acessar a internet; eu precisava ligar para Bento e dizer que havia chegado bem, ou até mesmo para Carlos. Fui até minha bolsa para procurar o celular, que estava desligado desde o primeiro voo. Peguei o aparelho e fiquei olhando para ele enquanto ouvia os gritos e risadas das crianças. Fiquei com vontade de vê-las, saber de que tanto riam. O celular continuava desligado entre minhas mãos, seu peso e forma desconfortavelmente familiares. Um contraste com a algazarra das crianças àquela hora da manhã. Eu precisava muito ir ao banheiro e tomar um banho. Resolvi não ligar o celular; em vez disso, fui abrir minha mala. A famosa mala. Peguei a toalha, a nécessaire e chinelos de dedo.

Nunca havia usado uma latrina. O cubículo em que ela ficava, ao contrário de minhas expectativas, não tinha cheiro, mas minhas pernas, que ainda se recuperavam dos dias em que ficaram comprimidas na legging, reclamaram de se agachar. Meu foco era não perder o equilíbrio e ser obrigada a tocar no chão daquele lugar. Fui o mais rápida que pude, dizendo a mim mesma que, se colocava minhas grávidas para parir de cócoras, eu também podia fazer minhas necessidades assim.

Saí do cubículo da latrina e fui para o cubículo do banho. Liguei o chuveiro, de onde um filete de água gelada começou a correr. Sobre minha cabeça havia uma nuvem de mosquitos. Lembrei de um professor da escola dizendo que os mosquitos foram os maiores inimigos dos colonizadores europeus na África. Eu podia ver centenas deles, milhares, talvez. Inimigos sobrevoando meu cabelo. Queria espantá-los com a mão, mas estava segurando a nécessaire, que era tão equivocada quanto minha mala. Com certeza todos os humanitários do aeroporto tinham uma nécessaire escura com diferentes compartimentos e um gancho para pendurá-la. A minha era de tecido claro com ilustrações em tons pastel e nenhum gancho. Tampouco havia uma prateleira para apoiá-la. Coloquei-a equilibrada por cima da porta, torcendo para que não caísse na lama do banheiro, e peguei xampu e sabonete. Fiquei um tempo jogando água nos mosquitos para tentar espantá-los, em vão.

Terminei o banho, recolhi minhas coisas e tomei coragem para atravessar até a barraca só de toalha. Não sabia se aquilo era normal ou se os colaboradores se trocavam no cubículo do chuveiro. Com tanto barro no chão, eu não via como isso seria possível. Fiz o trajeto o mais rápido que pude e, quando cheguei à barraca, meus pés estavam tão sujos que decidi que só tomaria banho de jarra dali para a frente.

Vesti calça jeans e camiseta, o que me pareceu ser a roupa mais comum entre os colaboradores, e fui para o refeitório, movimentado àquela hora. Eu me servi de um mingau sobre o fogão, que pensei ser de aveia, peguei uns biscoitos e, depois de procurar café em vão, enchi um copo de chá. Sentei em uma mesa com duas colaboradoras, coloridas com suas pulseiras e brincos. Imaginei que deviam ser sul-sudanesas. Elas já tinham comido e conversavam em uma língua que eu desconhecia. Eram mulheres altas, de pele bem escura, e uma delas tinha os dentes da frente separados, uma característica que me parecia própria dos sul-sudaneses. Elas me cumprimentaram quando eu sentei, mas continuaram falando entre si. Ao lado delas, tornei a me sentir uma forasteira em terra de gigantes.

Mas não era só porque eram mais altas que eu. A textura de suas peles, tão densas e vigorosas, a voz assertiva com que conversavam, a espontaneidade com que sorriam, tudo nelas era maior que eu. Fiquei com vontade de entrar no mundo delas, de fazer parte daquele universo. Perguntei o que era aquele mingau.

— Wala-wala.
— Wa?
— Wala-wala?

Depois de algumas explicações, entendi que não era feito de aveia, mas de milhete. Não lembrava exatamente o que era um milhete, nem de já ter comido isso antes, mas o mingau estava gostoso, bem melhor que os biscoitos murchos que imitavam cream cracker. Nyakoang e Nyamal — demorei para entender seus nomes — trabalhavam em postos de hidratação que ficavam espalhados pelo PoC. Eu queria fazer dezenas de perguntas, tinha certeza de que seria muito melhor conhecer o local por intermédio delas do que de Jules, mas as duas estavam saindo para fazer uma campanha em um vilarejo perto e logo se despediram.

Continuei sentada, aguardando Jules e observando o movimento ao meu redor. Notei que havia várias máquinas de café no canto da cozinha e que cada pessoa trazia sua própria cápsula no bolso. Minha primeira pergunta para Jules quando ele chegou foi onde eu conseguiria cápsulas daquelas.

— Você não trouxe?
— Do Brasil? Não! Era para trazer?
— Se em uma mala daquele tamanho você não trouxe cápsulas de café, o que trouxe, então?

Eu realmente não havia ido com a cara de Jules!

— E quem não tem cápsulas não tem café?

— Tem, às vezes. Quando chega mantimento. Mas o café é o primeiro a acabar. Na próxima missão, não esqueça das cápsulas. De repente você traz até uma máquina. Essas que estão aí são dos colaboradores que trazem e depois deixam de presente. Vamos lá?

Sem café e tendo que aturar Jules, me levantei da mesa.

— Vamos começar pelo PoC 1, onde ficam os dinkas, shilluks e as outras etnias. Menos os nuers. São cinco PoCs no total. Os nuers ficam nos outros quatro, são a maioria. Mas não podem ser abrigados no PoC 1. Você leu sobre os conflitos do país?

Assenti com a cabeça. Jules percebeu minha falta de interesse e deu de ombros.

Saímos do refeitório, e, à medida que íamos nos aproximando da cerca que emoldurava o PoC 1, o número de soldados foi aumentando, todos com armas imponentes. Jules me explicou que eram da força armada da ONU e que eram imprescindíveis para a segurança.

— Está vendo aqueles contêineres? — Jules apontou para uma fileira deles ao longe. — Ali ficam os colaboradores da ONU. Repare que eles têm ar-condicionado; até jardim eles têm! São a elite do PoC.

Entramos por uma viela entre barracos improvisados e esgoto correndo a céu aberto. A maioria das pessoas que passavam por nós não tinha sapato, mas era extremamente colorida e alta. Se eram de etnias diferentes, eu não conseguia distinguir. Mulheres andavam em fila levando baldes cheios de água na cabeça, seguidas por crianças que carregavam galhos. Na frente dos barracos, homens sentados em banquinhos conversam despreocupadamente. Estavam tão relaxados que não pareciam fugidos da guerra.

— As tendas são construídas com lona, madeira e bambu. Uma organização humanitária que constrói. Alemã, claro! Mas o esgoto é um grande problema. Ninguém aqui tem acesso à água ou sistemas de saneamento. As crianças brincam no mesmo lugar em que defecam. — Ele apontou para um rio raso onde crianças corriam e mulheres lavavam roupa. — Na estação chuvosa, piora ainda mais. O campo fica inundado e o sistema de cisterna vai ladeira abaixo. Tem lama por toda parte, impossível ficar limpo, mas pelo menos diminui esse calor sufocante — ele disse, passando a manga do jaleco na testa.

Podia ser ainda pior? Perguntei quando era a estação chuvosa.

— Começa em julho.

Respirei aliviada. Eu estaria voltando para o Brasil logo depois de começarem as chuvas.

— Vamos passar agora para o PoC 2. Os nuers são a maioria, pois essa é a região deles. Quando começaram os primeiros conflitos depois da independência, milhares tiveram que fugir e vieram para cá. Aí foi criado este PoC.

Aos meus olhos, os nuers eram idênticos a todas as outras etnias do PoC 1. As crianças usavam camisetas de times rasgadas e, se não estavam carregando galhos, estavam nadando em água suja ou jogando futebol com uma bola improvisada. As mulheres estavam sempre ocupadas com baldes ou agachadas cozinhando em pequenos fogareiros. E os homens, com o semblante despreocupado, ficavam sentados conversando. Diferentemente do que eu esperava, achei o clima alegre em todos os PoCs.

Em uma viela do PoC 3 encontramos alguns homens fazendo escavações. Jules cumprimentou um deles, que se chamava Ian.

— Essa ONG chegou tem poucos dias aqui. Estão construindo latrinas. A meta deles é construir cem por dia. Seria ótimo se eles conseguissem atender toda a população

Sem dúvida, pensei. Havia fezes por toda parte, era preciso estar atento para desviar. Jules me mostrou escolas, postos de saúde, postos de abastecimento de água e mantimentos, tudo feito por organizações humanitárias. Segundo ele, "se não fosse por nós", as mais de cem mil pessoas que se abrigavam no PoC já teriam morrido.

No PoC 4, passamos por uma barreira de soldados. Eles estavam vistoriando as sacolas de todos que a cruzavam à procura de drogas, armas ou qualquer outra coisa que pudesse comprometer a segurança. Na nossa frente, eles acharam haxixe na mala de um homem, que foi detido. Jules e eu não fomos revistados.

Ao retornarmos ao *compound* do MSF, vi dezenas de crianças escorregando em um barranco cheio de lama. A alegria delas era explosiva. Concluí que o barulho que ouvira do meu quarto pela manhã vinha dali.

Estava pensando em como encaixar a alegria que enxergara nos moradores do PoC com as condições tão precárias em que viviam quando ouvi gritos vindos das instalações médicas dos MSF. Jules pediu que eu aguardasse do lado de fora e correu para ver o que estava acontecendo. Em seguida, um homem com o uniforme dos MSF saiu de lá gritando. Era Nino.

Eu não imaginava que tinha um encontro a minha espera. A sensação mais pungente na primeira vez que o vi foi de imobilidade. Fiquei parada, suspensa, vendo aquele homem com o jaleco sujo de sangue parar de gritar e se sentar em um tronco com os ombros arcados para a frente. Não gritava mais, mas seu olhar tinha tanto vazio, tanto cansaço, que era outra forma de grito.

O menino maltrapilho se aproximou e colocou a mão em suas costas. Ele não sentiu. O menino foi então para a frente dele e o abraçou. Nino chorou, agarrado à magreza da criança. Nada do humanitário salvador, nada da criança desnutrida que precisava de ajuda. Desconstruí ali todo o enredo de salvação e reparação que Jules havia passado a manhã expondo através de cada entidade humanitária. Aquele menino, que só fui saber quem era muito tempo depois, era quem estava dando sustento ao médico que chorava.

Depois desse dia, não vi mais vi Nino. Soube que era brasileiro e que havia viajado para descansar após o incidente na minha chegada. Amelie, a outra obstetra em missão, disse que, naquele dia, uma menina havia chegado ao centro de atendimento depois de ter sido estuprada. Nada fora do cotidiano do PoC. Logo em seguida, trouxeram um homem sangrando muito, que estava com um corte na barriga. Nino pediu para a menina aguardar enquanto ele fazia uma sutura no homem, pois era mais urgente. A menina pegou um bisturi cirúrgico que ele deixara ao seu lado e pôs fim a sua vida. Nino a viu morrer enquanto costurava o homem, e soube, nesse momento, que fora ele quem a havia estuprado. Ele terminou de salvar o homem, pois era sua obrigação de médico, e assim que terminou teve aquele descontrole emocional.

―――

Meus primeiros dias foram principalmente de observação e de assistência a outros profissionais. O número de nativos atuando era maior, e os estrangeiros, além de atender, faziam treinamentos na equipe local. Amelie e eu éramos as únicas estrangeiras, e nossa equipe era composta por vinte e três parteiras. Ela havia chegado três meses antes e já era a sexta vez que trabalhava na África. Pareceu ofendida quando soube que em minha segunda missão eu já havia sido mandada para o Sudão do Sul.

— Não é um lugar para iniciantes. O Sudão do Sul é um dos países mais perigosos do mundo para ações humanitárias. — Completou, no primeiro café da manhã que tomamos juntas, e explicou que já havia trabalhado em vários deles.

Não perguntei onde ela havia trabalhado, nem nada sobre ela. Estava com a cabeça longe de sua presunção humanitária. Recebera na noite anterior um e-mail de Carlos. O título era "Bento", então corri para ler. "Ele está muito desequilibrado desde a sua partida" era a frase inicial. A escola havia telefonado, o garoto estava tumultuando as aulas e as provas tinham ficado bem abaixo de sua média. Carlos explicara para a coordenação que, por questões pessoais, a mãe de Bento tinha viajado para passar um tempo fora, e que o filho estava ressentido de sua ausência. Carlos não contara que ele era um merda que nunca estivera próximo ao filho e que, sem a mãe, talvez Bento estivesse se sentindo sozinho. Nem havia dito que eu estava longe porque não conseguia mais estar ao seu lado, já que ele era um egoísta que só sabia olhar para o próprio umbigo. Não. Ele disse que a mãe abandonou o filho e em seguida sentou na frente do computador para transpor toda a responsabilidade para ela, a culpada de tudo. O grande psiquiatra, que não precisava tirar o prato da mesa depois que comia, tampouco era obrigado a assumir qualquer responsabilidade sobre o filho.

Claro que, mesmo sabendo como isso era injusto, a isca de Carlos caiu em minha boca. Depois de ler seu e-mail, me senti culpada por todas as dificuldades de Bento. Coitado do meu filho. Não bastassem os problemas normais da adolescência, ainda tinha que lidar com uma mãe como eu. Uma mãe que, por ser incapaz de gerir a própria vida, tinha fugido para se autoflagelar do outro lado do oceano, abandonando o filho. Cheguei a abrir a mala e colocar umas roupas dentro. Em poucos dias no Sudão do Sul, não precisava da risada de Carlos para me sentir uma farsa vestindo um uniforme humanitário.

Eu não suportava estar ali. Sentia tensão em toda a equipe. No começo achei que fosse somente comigo, mas depois percebi que todos viviam sob muito estresse e se sentiam muito cansados. Mas eles se agarravam à certeza de que eram heróis e por isso conseguiam continuar na rotina exaustiva do *compound*. Eu não era uma heroína. Nunca seria. Odiava estar ali. Sentei sobre aquilo que chamavam de cama, ao lado da mala aberta. O barulho frenético dos grilos me irritava.

Voltar para o Brasil, então? Comecei a chorar.

— Estou esgotada — disse a mim mesma, e lembrei que tinha colocado uns calmantes em um compartimento interno da mala. Tinha jurado que não faria mais uso de medicação e, em vez de comprimidos, entupira a mala de chocolates. Mas claro que havia levado ao menos uma cartela, e, em vez de comer uma barra de chocolate, tomei dois comprimidos. Deitei e fiquei ouvindo os grilos até o remédio funcionar.

Acordei atrasada, me arrastando, e só voltei a mim tomando o chá amargo que serviram naquele dia. Devo ter feito uma careta logo no primeiro gole, e Amelie comentou que eu deveria ficar feliz com um café da manhã como aquele, pois ela havia estado em missões em que tivera que sobreviver com molho de tomate, macarrão e Nutella. Sua presunção me lembrava Carlos, talvez por isso tivesse gostado tão pouco dela desde o começo. Tornei a pensar no e-mail, na maneira como Carlos colocava Bento em meu colo, como se não tivesse nenhuma responsabilidade sobre o filho. E, em vez de culpa, senti raiva. Muita raiva. Odiar Carlos sempre me fizera bem. Era mais fácil agir com raiva do que com culpa. Falei a Amelie que precisava ir até minha barraca e que a encontraria na unidade de atendimento.

Meu celular continuava desligado; havia acessado a internet só do meu computador. Não havia falado com Bento ainda, nem mesmo uma mensagem. Liguei o celular e, depois de alguma dificuldade para acessar a internet, fiz uma ligação de vídeo para ele. Não falaria sobre o e-mail de Carlos. Ele que administrasse as questões do filho; eu agora só participaria das coisas que nos mantinham conectados.

Bento foi monossilábico de início, como sempre, mesmo assim deu para perceber seu ressentimento com meu silêncio desde a partida. Falei de como havia sido a viagem, contei da mala enorme e da vergonha que passara com ela, e depois descrevi como era o PoC. Ele ouviu tudo quieto, até eu mostrar o lugar onde estava dormindo e a comadre ao lado da cama. Perguntou o que era aquilo, uma comadre. Não acreditou que eu pudesse fazer minhas necessidades ali, e fui mostrar como era o banheiro. Ele não acreditou no que viu, e disse que nem conhecia a palavra *latrina*. Quis saber se eu tinha que ficar agachada. Foi bom. Rimos juntos. Ele perguntou se eu poderia ligar todo dia. Prometi que ligaria ao acordar.

— Você falou com o papai?
— Não.

Não falei nem falaria. Enquanto ele não se despisse de seu olhar psicanalítico sobre mim e colocasse ele mesmo no divã, não teríamos sobre o que conversar. Encerrei a ligação com Bento e me senti feliz. Sem dúvida, ele era a melhor parte de mim. Coloquei o celular para carregar e fui encontrar Amelie.

O que mais chamara minha atenção desde que havia chegado a Bentiu foram as condições em que viviam as mulheres e as crianças. O acesso aos banheiros, à água potável, lavar roupa, tudo era muito difícil. Em dez dias em Bentiu, vi dez casos de estupro entre meninas e mulheres que estavam à procura de água e lenha. Nós só podíamos prestar assistência e oferecer cuidados médicos, principalmente para prevenir gestações indesejadas e infecções sexualmente transmissíveis.

Em um dia normal de trabalho atendíamos cerca de sessenta mulheres, entre consultas pré-natal, rotinas e partos. Cesáreas eram encaminhadas para o centro cirúrgico. Um dos problemas mais comuns nas mulheres de muitos países pobres da África é a fístula vaginal. Por conta dos partos prolongados, em muitas delas a parede da uretra ou a do reto se rompe e elas ficam urinando ou até defecando a todo momento. Não bastasse esse incômodo, elas são hostilizadas, pois uma mulher assim é considerada suja. Nós as operávamos e as acompanhávamos até que pudessem voltar para suas famílias.

Estava observando uma operação de fístula quando vi Nino entrar. Senti um calafrio, acompanhando da mesma sensação de imobilidade. Não sabia que ele havia voltado. Ele disse algo para uma médica e saiu. Olhei ao redor e percebi que todas haviam se virado para vê-lo, e só voltaram a sua função depois que ele saiu. Ele não tinha mais a aparência trágica de quando o vi; agora era um homem sorridente que caminhava de forma assertiva. Ele sabia que todas olhavam para ele e parecia se alimentar dessa certeza.

Achei uma bobagem ficar mexida por um tipo como esse, um homem claramente narcisista, uma imagem tão diferente que tinha tido dele no nosso primeiro encontro. Tentei me concentrar na cirurgia, mas, por mais que evitasse, a figura de Nino se sobrepunha a ela. Queria achar o ponto em comum entre o homem que tinha chorado no dia da minha chegada e aquele pavão que havia visto ali.

Na hora do almoço, tornei a vê-lo. Estava me servindo no fogão quando ele se aproximou sorrindo:

— Você é brasileira, né? É de onde?

— Belo Horizonte. E você?

— Salvador. Me chamo Nino. E você?

— Mariana.

— Bem-vinda ao Sudão do Sul, Mariana. O que está achando daqui?

— Sentimentos misturados. E muita pobreza.

— O país não é só essa pobreza que você vê aqui não. Espero que veja isso antes de ir embora.

Ele tinha uma voz bonita e um leve sotaque baiano. Talvez fosse o único colaborador que, ao invés de trazer uma expressão exausta, esbanjava alegria. Mas aquele *espero que veja isso antes de ir embora* tinha sido muito presunçoso. Cara chato, pensei. Dá um oi e já vem com sentenças. Lembrei de Carlos. Todos os homens, uns chatos. Acenei com a cabeça e fui me sentar com Amelie. Nino se sentou com uns enfermeiros locais.

— O que ele te disse? — perguntou Amelie.

— Me deu as boas-vindas.

Ela riu.

— Já fiz duas missões com ele. O brasileiro mais famoso do MSF. O mais antigo também. Você o conhece do Brasil?

— Não. Nunca ouvi falar dele.

— Pois aqui vai ouvir bastante. Ele é viciado.

Amelie não falava inglês bem, e o sotaque forte dificultava ainda mais. Eu não entendi o que ela queria dizer com *viciado*, e não fazia questão de saber. Pressentia que, quanto menos soubesse de Nino, melhor seria.

— O que é isso? — perguntei, apontando para uma comida que parecia uma raiz em seu prato. Nino também havia se servido dela.

— Se chama keay. É um tubérculo, tipo uma batata. Salva muita gente de morrer de fome no país. É gostoso, experimenta.

A médica com a qual Nino havia falado quando o vi de manhã entrou e foi se servir.

— Chegou a eslovena, a primeira-dama. Ela era uma das amantes dele, mas, depois que a inglesa foi embora, virou a principal do harém. Todos os homens no Brasil são assim, mulherengos?

Carlos era chato, mas não era mulherengo.

— Todos! Nunca se relacione com um brasileiro!

Pelo jeito, Nino era a pessoa da qual falavam no voo, e a inglesa era a moça que não quisera voltar.

— Qual a especialidade dele?

— Ele é clínico geral. Trabalha mais com traumas. É o primeiro brasileiro a trabalhar nos Médicos Sem Fronteiras. Conhece bem a organização, era para estar em um cargo administrativo, mas parece que não quer sair do campo. Tem obsessão pela África. África e mulheres — completou, rindo.

E você tem obsessão por ele, pensei. Desde o avião de Juba para Bentiu, Nino parecia ser o assunto preferido das pessoas. A capa de revista. Tornei a olhar para ele. Carregava algo extraordinário, eu tinha que admitir. Sua presença mostrava uma gravidade tão grande que as coisas orbitavam em torno dele. Tornei a lembrar do impacto que foi ver o médico forte sendo sustentado pelo menino maltrapilho, uma imagem que retornou à minha cabeça diariamente. Depois disso, fiquei na expectativa de rever o médico, e ele havia acabado de falar comigo ao lado do fogão.

Mas, apesar do jeito alegre, me pareceu um homem chato. Chato como Carlos, chato como eu, como Amelie. Como todos. Olhei para a comida com o mesmo cansaço que olhara para o macarrão com legumes do meu último jantar com Carlos. Empurrei o prato para o centro da mesa.

— Não vai terminar? — Amelie me censurou.

Não, não iria terminar o prato, mas o olhar de Amelie sobre mim me fez puxá-lo para perto e voltar a comer. Ela ficou sinceramente aliviada.

— As pessoas aqui morrem de fome!

Apesar de irritada com a bronca de Amelie, admiti que ela tinha razão. As pessoas ali morriam de fome, e era por isso que eu estava no Sudão do Sul. Em casa, em Belo Horizonte, eu estaria cozinhando os pratos mais diversos para depois jogá-los no lixo. Estava ali porque não queria que a tristeza se sobrepusesse a todas as minhas ações. Ali, ao menos, existiam pessoas com problemas reais, e meu emaranhado de sentimentos não deveria se sobrepor a isso.

———

Os dias se seguiram e logo eu já estava atendendo dezenas ou até mesmo centenas de mulheres ao dia. Vivia exausta, como todos ali, mas aquela exaustão era o que me movia. Mal pensava em mim, e só por isso suportava a vida tão dura que levava. Não sabia mais o que era água corrente ou me olhar em um espelho. Da enorme mala, só tiveram serventia as calças jeans, camisas e chocolates. Eu mesma passei a caçoar dos vestidos e sandálias que havia trazido para um PoC no Sudão do Sul.

Minha única alegria era falar com Bento de manhã, e repetia a mim mesma que, só por ter resgatado minha comunicação com ele, a viagem já tinha valido a pena. Talvez eu até já pudesse voltar, pensava às vezes. Para que estender aquela farsa? Eu não tinha vocação para a vida humanitária, não tinha dúvida quanto a isso. Só conseguia ver pobreza e sofrimento à minha volta e, diferentemente dos meus companheiros, não me sentia uma pessoa melhor só por estar trabalhando ali, com pessoas tão necessitadas.

Numa noite em que estava na barraca pensando como seria minha volta para Belo Horizonte, ouvi alguém me chamando na porta. Não era noite do meu plantão, por isso estranhei quando vi Jules ali parado.

— Recebemos um chamado. Houve um ataque a uma vila ao norte. Precisamos mandar uma equipe para os casos mais emergenciais. Você tem que ir. Amelie está com duas mulheres em trabalho de parto.

— Vou me trocar — respondi, calmamente. Eu achava que não havia diferença entre atender no nosso *compound* e numa vila remota.

— Ok, eu espero aqui para te levar até o avião.

Me troquei rápido. Nem coloquei muita coisa na bolsa. Pelos meus cálculos, ao amanhecer estaríamos de volta.

Quando entrei no avião, vi que era a única estrangeira a bordo. Todos pareciam aflitos, e, pela expressão de seus rostos, comecei a entender a dimensão da palavra *ataque*. Ficamos esperando para decolar até que Nino entrou. Pediu desculpas a todos pela espera e se sentou ao meu lado. Em seguida, a porta do avião se fechou e nós decolamos.

— Em vinte minutos nós chegamos lá — ele disse enquanto tentava ajeitar o cabelo desgrenhado. — Já estive nessa tribo antes.

Ele cheirava a sexo. Fazia muito tempo que não sentia aquele cheiro; fiquei desestruturada. Era um cheiro bom, mas que me irritou, e ainda havia o conforto de ouvi-lo falando em português de forma tão familiar. Nino discorreu sobre o povo que estávamos indo socorrer. Disse que naquela região viviam algumas etnias misturadas e que os ataques eram frequentes. Eu só captava o contexto do que dizia. As entrelinhas eram seu cheiro forte, que gritava para mim: sexo, sexo, sexo.

— Você não fala muito, né? — ele disse quando o avião pousou. — Mas se precisar de alguma ajuda, digo, se ficar mal aqui, pode falar comigo.

Ele desembarcou sem olhar para trás.

Estava tudo escuro, e soldados já nos aguardavam na pista com lanternas. À medida que fui me aproximando das cabanas onde viviam, comecei a identificar gemidos. Era uma forma diferente de expressar a dor. Eu já havia feito centenas de partos e já ouvira muitas formas de sofrimento, mas nunca como aqueles gemidos sem cara, no escuro. Um gemido cantado.

Nino já estava no comando, organizando os feridos em tendas e direcionando nossos profissionais. Ele me mandou para uma barraca onde estavam as mulheres. Já havia umas quinze deitadas, mas estavam trazendo mais.

— Comece pelas mais novas ou as que têm mais sangramento — ele orientou. Eu já havia atendido muito casos de estupro desde que chegara a Bentiu, mas nunca em volume tão grande. Aquilo foi brutal. Nino percebeu minha hesitação e olhou firme nos meus olhos:

— Está tudo bem. Você sabe o que fazer e elas precisam de você.

Respirei fundo e comecei a organizar com minha equipe nosso atendimento. Nosso protocolo em caso de estupro era primeiro estancar sangramentos e analisar se havia alguma urgência médica. Tentávamos dar algum apoio psicológico para depois medicá-las com anestésicos, antirretrovirais, pílulas contra a gravidez e antibióticos locais. Na luz difusa de que dispúnhamos na barraca, eu não conseguia identificar com precisão a idade, o quanto estavam feridas ou expressões faciais que pudessem dimensionar o tamanho da dor de cada mulher. Os gemidos e a quantidade de sangue que escorria delas eram o que me conduzia.

Nas pacientes que pareciam mais lesionadas, eu pedia a Kuey, minha intérprete, para usar a lanterna de seu celular, enquanto ela ia traduzindo o que era dito. Algumas precisaram levar pontos, principalmente as mais jovens. Eu não queria dizer isso a elas, explicar que não estavam apenas feridas, que a violência do ataque havia aberto suas peles, seus orifícios. Eu sabia que não havia remédio para isso. Então me calei.

Kuey percebeu que eu estava abalada e seguiu falando com elas por conta própria, naquela língua estranha em que eu não tinha a mínima ideia do que era dito. Como não conseguia dar apoio psicológico a elas, então me concentrei para ao menos recompô-las da melhor forma que podia.

Os gemidos foram diminuindo à medida que os remédios foram fazendo efeito, até um grande silêncio ser entregue à noite. Um cheiro de sangue e estrume se sobrepôs à dor. Eu me encostei na porta da cabana e contei os vultos no chão. Quarenta e duas mulheres. Kuey parou do meu lado, olhando na mesmo direção.

— O lema dos ataques é "queremos o leite, a comida e a garota dessa casa".

Fiquei muda, recontando os vultos. Sabia que o cheiro daquela noite ficaria entranhado em mim.

Do lado de fora, o sol começou a aparecer. Nesse momento, chegou uma mulher em trabalho de parto, amparada pelo marido. Estendemos uma lona no chão e o bebê nasceu ali, sem nenhuma complicação. A mãe perguntou meu nome a Kuey, e disse que daria ao bebê o nome Mariana.

Fazer um parto ao nascer do dia, depois de uma noite tenebrosa, foi muito simbólico. Agradeci a mãe, observando a maneira afetuosa como ela olhava para sua filha. Um dia ela se tornaria uma moça e enfrentaria a mesma violência que as mulheres que eu havia atendido. Pobre Mariana, pensei.

O sol já estava alto quando me sentei embaixo de uma das tendas que nossa equipe havia armado. Não conseguia pensar direito. Estava anestesiada pelo cansaço e pela forma grotesca como aquelas mulheres haviam sido atacadas. A palavra que rodopiava em minha cabeça era *selvagens*. Não percebi quando Nino se aproximou. Ele percebeu meu estado e se sentou ao meu lado:

— Está tudo bem?

— Selvagens. — Era tudo que eu conseguia dizer.

Nino pegou minha mão. Uma intimidade inesperada, mas que parecia coerente com o momento. Deixei minha mão nas suas.

— Escuta, Mariana. Não julgue eles com o seu olhar. Não julgue nunca uma cultura sob o olhar de outra cultura. Isso que você viu hoje, para a gente, é inimaginável. Mas pense que essas tribos estão há séculos atacando umas às outras. É duro, mas eles sabem sobreviver a isso. Se você se abalar assim, em pouco tempo vai ter que ir embora.

Olhei Nino de frente. Era bonito. Retirei minha mão das suas. Naquele momento, tive uma premonição de tudo que iria acontecer. Ele saiu do meu lado e foi falar com outros colaboradores. Tentei comer o sanduíche que estava ao meu lado, mas só consegui beber um pouco do chá. Pensei em Bento. Não conseguiria ligar para ele naquela manhã. Ele iria sentir falta do meu telefonema. Eu também sentia falta de falar com ele.

Observei Nino. Ele conversava e sorria. Ele também era um selvagem, com seu cheiro de sexo e cabelo desgrenhado, com os gritos do dia de minha chegada, com seu jeito de pegar minha mão e dizer para não julgar tamanha atrocidade. Acabei adormecendo sobre a esteira de palha.

Acordei com a mão de Nino em meu ombro.

— Você dorme pesado, menina. — Achei engraçado ele me chamar de menina. Parecia que queria cuidar de mim. — Tá rindo? Dormir te fez bem! Você precisa fazer a visita nas pacientes. Vamos sair daqui a pouco.

Peguei uma garrafa de água e joguei no rosto. Ninguém podia me ver desperdiçando água potável daquele jeito, mas pouco me importei. Quem poderia me julgar por desperdiçar água depois de tudo que ocorrera ali? Caminhei até a tenda e, para minha surpresa, não havia mais ninguém, nenhum vulto pelo chão — exceto pela mãe com sua pequena Mariana. Kuey estava ao lado de uma mulher e elas conversavam. Perguntei pelas pacientes e ela disse que já tinham saído.

— Como assim?

Kuey me conduziu para fora da barraca. Logo atrás dela havia um cercado com algumas vacas dentro. O cheiro de estrume que invadira a noite vinha dali. Duas mulheres consertavam as estacas de madeira em volta do cercado, e que deviam ter sido destruídas no ataque. Mais adiante, uma fila de mulheres caminhava com baldes de água sobre a cabeça, meninas ralavam raízes ajoelhadas no chão e outras conduziam cabras de volta para seus cercados. Grupos de homens refaziam as casas destruídas, e, não fosse isso, não haveria um único indício de que aquela era a mesma vila aonde eu chegara na noite anterior. Todos pareciam refeitos e de volta às suas rotinas.

— Não vamos fazer os últimos atendimentos? — perguntei a Kuey.

— Não — ela respondeu, com uma expressão que parecia me dizer que isso era óbvio.

Lembrei do nascimento da pequena Mariana ao amanhecer. A vida persiste, o tempo não para. Era isso que Nino queria que eu visse. Eu estava em um lugar diferente do meu. As pessoas daquele lugar lidavam com o trágico de uma forma que eu nunca havia visto. A sobrevivência era mais urgente que a dor. Eles compreendiam a irrevogável continuidade da vida muito mais do que eu, que podia me arrastar com um sofrimento por anos a fio.

Voltamos para o avião, e eu não era mais a mesma pessoa; duas Marianas haviam nascido naquela manhã. Nino e eu trocamos olhares quando ele passou por mim. Tive a impressão de que ele sabia daquele nascimento. Ele se sentou ao lado de um sul-sudanês que trabalhava na parte logística, atrás de mim. Falaram sobre os conflitos daquela região. Nino fazia muitas perguntas, a que o outro respondia rindo. Eu não sabia qual era a graça naquilo, mas Nino parecia compreender.

Quando chegamos ao *compound*, muitos vieram nos receber. A médica eslovena veio direto falar com Nino.

Conversaram um pouco, ele tirou uma mecha que estava no rosto dela. Em seguida, ela olhou para mim e sorriu. Não era um riso qualquer. Era um aviso. Eu me virei em direção à minha barraca. Eram seis da tarde e talvez ainda desse tempo de ligar para Bento. Eu precisava desabafar sobre aquela noite e sobre meu assombro diante da rapidez com que a vila se transportou da escuridão para o dia. Bento já tinha idade para compreender o que eu queria dizer.

Quem atendeu o telefone foi Carlos. Eu não falava com ele fazia três semanas, desde o derradeiro macarrão com legumes. Ouvi-lo me desestabilizou.

— Está conseguindo salvar o mundo?

Eu não daria corda para sua ironia.

— Onde está o Bento?

— Foi só para quebrar o gelo. Como está tudo por aí?

— Tudo bem, Carlos. Duro, diferente, mas bem. E o Bento?

— Esqueceu o celular. Foi para o futebol.

Claro, era quarta; ele tinha futebol naquele horário.

— Avisa que eu liguei?

— Só?

— Só. A não ser que você tenha alguma coisa para me falar.

Carlos ficou um tempo em silêncio.

— É você que está do outro lado do oceano...

— E?

— É você que deve ter novidades. Aqui continua tudo igual.

Eu me vi de novo sentada ao lado de Carlos. Almoçando, jantando, procurando por algum assunto que o interessasse e mostrasse a mim mesma que ainda sabíamos conversar.

Falávamos sobre ele, sobre seu trabalho. Eu fazia perguntas. Acabava sempre contando algum caso da vida de alguém, e disso, geralmente, saía alguma discussão, já que tínhamos pontos de vista muito diferentes. Eu cedia, cansada. *Sim, Carlos, tem razão, é assim que devemos ver as coisas...*

Como eu estava exausta de tudo isso. Ficou muito claro, naquela distância, depois de uma noite de tanto espanto, que eu estava acorrentada a uma vida que de modo algum me interessava mais. Eu me revi lutando para achar assunto, para fazer o jantar, para dar conta de Bento, do trabalho, para ver se Carlos me olhava como mulher. Do outro lado do oceano, como ele disse, percebi que Carlos já não tinha participação em nosso casamento fazia anos. Sua única contribuição eram aquela ironia pernóstica e a segurança de uma vida materialmente confortável.

— Fala para o Bento que eu não consegui ligar mais cedo porque estava em missão. Ligo amanhã.

Desliguei com um breve adeus e fui tomar um banho de caneca. A água tirava o cheiro de sangue e estrume que estava embrenhado em minha pele, mas a imagem daquelas mulheres nos seus afazeres não saía da minha cabeça. Eu não entendia nada daquele povo. Na realidade, o oceano estava entre eles e eu, e não me separando de Carlos. Lembrei de Nino me acordando. *Você precisa fazer a visita nas pacientes.* Nino sabia que mundo era aquele.

No dia seguinte eu teria a primeira parte da manhã livre, e acordei pensando no que poderia fazer de diferente. Os colaboradores eram proibidos de sair sozinhos do *compound*, para tudo precisavam de autorização. Mas eu queria muito dar uma volta, precisava sair um pouco. Me troquei e fui atrás de Jules. Para minha surpresa, ele estava muito simpático.

— Descansou?
— Sim, mas está muito calor para ficar na barraca.
— Esse calor....
— Queria sair do *compound*, dar uma volta. Tem alguma possibilidade?
Ele ficou me analisando.
— Sabe que você não combina com isto aqui? Difícil dizer por quê, mas eu tive essa sensação quando te vi. E não foi só por conta da sua mala, da marca da sua bolsa... Fiquei surpreso quando me disseram que você foi muito rápida e eficiente. Todos estão falando bem de você.
— Queria ter feito mais.
— Eu sei, todos querem...
— Eu sei.
— Parabéns. Está fazendo um bom trabalho. Espero que consiga chegar ao fim da missão.
Como era esnobe o Jules, mesmo sendo simpático. Mas certamente sua arrogância humanitária combinava mais com o entorno do que minha bolsa Céline. Desisti de pedir que me ajudasse e apenas agradeci. Sai andando, mas ele foi atrás de mim.
— Tem uma equipe saindo para pegar uma carga de abastecimento que vai chegar às dez. Quer ir até lá?
— Sim! Obrigada!
Não era grande coisa, mas, só de pensar que iria sentir o vento batendo no rosto durante o trajeto, fiquei entusiasmada.
Era a segunda vez que fazia o trajeto do PoC à pista improvisada onde chegavam os aviões, mas a sensação era a de estar percorrendo aquele caminho pela primeira vez. Meus olhos não viam mais na estrada ocre um tom de

desalento, apesar da beleza que o pôr do sol do dia da minha chegada dava à paisagem. Naquele dia, naquele horário em que o sol estava alto e a luz era dura e de contrastes, senti que estava em uma terra de pessoas fortes. A imagem das mulheres se refazendo em seus afazeres, sem dor, sem fraqueza, não saía da minha cabeça. Afinal, de que servia nossa vida? Vivíamos para nos fortalecer, não era isso? A vida, um exercício de fortalecimento? Então, de que ponto de vista eu poderia me considerar mais privilegiada que aquelas mulheres, se eram elas que tinham a força? Aliás, o que eu sabia sobre ser forte?

Chegamos no mesmo momento em que o avião pousou. Fiquei encostada, olhando a equipe levar os suprimentos para os carros. A organização com que conferiam cada item e o transportavam me emocionou. Eu, hein, pensei comigo. Uma coisa tão boba me emocionar… Mas fiquei contente; dava para ver naquela emoção que eu enfim via algo de bom no mundo e que isso poderia ser um reflexo de mim mesma.

Estávamos retornando ao *compound* e todos no carro estavam felizes. Kuir, nosso motorista, cantava uma música nuer enquanto outros batucavam no teto. De repente, bum! Uma explosão nos fez capotar para fora da estrada. Acho que fui a única que gritou enquanto nosso carro tombava; pelo menos só ouvi minha voz. Quando o carro enfim parou, vi que todos a minha volta, uns sobre os outros, permaneceram imóveis. Eu queria continuar gritando, sair do carro pela janela, pedir socorro, mas Kuir, que havia sido arremessado para o meu lado, se jogou sobre mim.

Entendi o que ele queria quando vi homens armados do lado de fora. Enquanto três deles abriam o porta-malas e roubavam todo o mantimento, outros dois olhavam para nós pela janela. Eu era a única mulher ali, e Kuir queria me esconder. *Queremos sua comida, seu leite e sua garota.* Senti medo, e percebi que havia sangue em mim, mas não sabia se era meu.

Tornei a pensar nas mulheres violentadas do dia anterior e lembrei que a média de vida na África era em torno de cinquenta anos; eu já estava perto disso. Pensei em Bento. Tínhamos falado de manhã, mas a internet estava instável e eu não conseguira me despedir direito. Minha boca estava seca e o peso de Kuir estava me sufocando, mas eu não podia me mexer. *Está na hora de ir embora.* Foi a última coisa que passou pela minha cabeça antes de apagar.

Acordei com Nino medindo minha temperatura e tirando meu pulso. Estava deitada na estrada, sobre uma lona. Olhei para o céu, de um azul sem fim. Nunca havia visto um céu como aquele, que alternava o escuro mais profundo da noite com o azul mais luminoso do dia. Nino continuava a me examinar, emoldurado por um brilho que se dissolvia no azul. Fiquei olhando para ele, pensando se aquele brilho vinha do sol, do céu ou dele mesmo. Ele percebeu meu olhar e pegou minha mão.

Era a segunda vez que pegava em mim daquela forma. Na primeira, sua beleza me assustara, e eu me contraí. Mas naquele momento, olhando para ele, lembrei de uma frase de Nietzsche que estava estampada em uma camisa que eu usava na adolescência. *Amor fati.* Amor ao destino. Em silêncio, com minha mão na de Nino, me perguntei que destino seria aquele que quase me fizera morrer em uma explosão no meio da África.

Depois do atentado, tomei a decisão óbvia para mim e para a própria organização: retornaria ao Brasil para me restabelecer dos danos físicos e psicológicos. Fiquei três dias em um leito que deveria ser ocupado por um cidadão sul-sudanês. Não precisava de tanto tempo, mas eles queriam estar certos de que eu estava pronta para fazer a longa viagem ao Brasil antes de me liberar. Nino só havia feito os primeiros socorros. Quem me acompanhou foi um médico argelino especializado em traumas.

Pólvora e estilhaços de vidro haviam penetrado em meu braço direito e eu tinha sofrido um grande corte no ombro, além de fissurar um dedo da mão esquerda. Não era nada preocupante, mas fizeram dezenas de exames para ter certeza de que nenhum órgão interno havia sido lesionado. Recebi a visita de vários colaboradores, inclusive de altos dirigentes, que vieram avaliar a situação da organização na região. A sorte havia me tornado uma estrela humanitária; ao menos era isso que via nos olhos de algumas pessoas, muitas vezes com algum rancor, como era o caso de Amelie. O psicólogo que me aconselhou a voltar para casa disse que meu retorno para uma missão em um país em guerra estava garantida.

Esses dias foram fundamentais para que eu começasse a entender o *status quo* desse tipo de organização. Um médico tinha pouco valor. Um médico que trabalhasse em uma causa humanitária era uma boa pessoa. Se, além disso, trabalhasse em um país em guerra, era um semi-herói. E se, mais do que isso, tivesse passado por uma situação de risco, aí estava garantida sua posição de herói.

Nino veio me ver depois que minha volta estava definida.

— Ouvi dizer que você vai embora.

Ele disse isso sem nenhum rodeio, ao mesmo tempo que analisava a cicatrização do meu braço. Seus dedos em minha pele eram pequenos choques.

— Sim, daqui a dois dias.

— Tem certeza que é isso que você quer?

— Me parece o mais sensato agora. Mas me garantiram o retorno a um país em guerra assim que eu estiver refeita — contei, ironizando.

Ele riu.

— E não te pareceu uma proposta incrível? Seus hematomas já estão livres de infecção. Acho que você não precisa mais ficar aqui.

— Devem me liberar hoje no fim da tarde.

— Olha, Mariana, eu não sei o que te trouxe aqui, mas acho que você não deve ir embora. A maioria aqui usa essa miséria para se sentir uma pessoa melhor. Afinal, eles tiveram a sorte de nascer em um país rico, cheio de oportunidades, e como, além de terem sorte, ainda são pessoas boas, abriram mão do conforto das suas vidas para ajudar esses coitados, que sem eles estariam mortos. São os salvadores, messias, Jesus. Mas, te digo, eles não conseguem ver nada além da melhor imagem deles mesmos, refletida na miséria desse povo. E você, com esse seu jeito perdido, ou justamente por isso, eu sei que consegue ver além disso, porque não está envaidecida por seu altruísmo. Acho que lugares como esse precisam de pessoas como você. Enquanto os estrangeiros não conseguirem enxergar esses povos como eles são, vai ser difícil ajudá-los de verdade.

Era um conforto ouvi-lo falar em português. *Amor fati*, me lembrei. Eu não devia ter me desfeito daquela camisa.

A beleza de Nino não estava só nos traços do seu rosto. Uma foto não conseguiria captar o efeito da sua presença. Ele aguardou que eu dissesse algo, mas permaneci quieta.

— Pense nisso! — ele pediu, por fim. — E sai dessa maca! Não entendo por que querem te deixar aqui! Vou falar com o Karim.

Eu iria embora, era certo, e nunca mais veria Nino. Repetia para mim mesma que ficar longe de um tipo mulherengo e sedutor como aquele era bem prudente, mas uma parte de mim se lamentava por nunca mais vê-lo. Naqueles dias, sonhei algumas vezes com uma espécie de casa. Depois de um tempo morando nela, eu descobria uma varanda com vista para o mar e que eu nunca notara. O sonho sempre acabava comigo me lamentando por não ter percebido a varanda antes.

Karim foi me ver meia hora depois e me liberou sem nem olhar meus braços. Disse que, se eu quisesse atender até o dia da minha partida, estava liberada. Para quem estava sendo afetuoso até então, seu tom seco de falar foi um tanto estranho. Imaginei que tivesse alguma coisa a ver com Nino.

Fui até minha barraca e a primeira coisa que fiz foi ligar para Bento. Ele e Carlos já sabiam do que tinha acontecido, pois a organização havia ligado contando. A primeira pergunta de Bento foi quando eu chegaria. O próximo voo para Juba seria três dias depois, eu estava agendada para voltar nele, mas falei que ainda não havia data certa. Tentei tranquilizá-lo, dizendo que estava bem e que não havia tido nenhum ferimento grave, mas ele repetia a mesma pergunta: que dia eu chegaria em Belo Horizonte.

Eu estava certa da minha volta, ali não era o meu lugar, mas não conseguia concretizar esse fato dando a data do meu retorno, por mais que sentisse o desespero de sua voz. Desligamos e eu comecei a chorar. Não tinha vontade nenhuma de voltar para casa. Precisava de mais tempo longe, inacessível a Bento e Carlos, vivendo uma vida que não era a minha.

Jules passou na minha barraca e eu estava dormindo. Pelo menos não precisava mais de calmantes para apagar. Ele se desculpou por ter me acordado. Observou os ferimentos do meu braço e eu jurei ver admiração em seus olhos. Aquele sistema de crenças que cercava a vida de muitos humanitários era realmente incompreensível para mim. Com rodeios, ele perguntou se eu atenderia enquanto estivesse por lá, pois Amelie estava sobrecarregada e não havia previsão de chegada de uma nova obstetra.

— Claro! — eu disse, surpresa com a alegria que isso gerou em mim.

À noite, estava jantando no refeitório, em clima de despedida daquela comida frugal, quando Nino entrou com a eslovena. Sentaram afastados dos outros. Não consegui tirar os olhos deles, por mais que tentasse. De todos ali no refeitório, eles eram os únicos que não aparentavam cansaço e estresse. Ela muito bonita, ele também. Conversavam tranquilamente e sorriam. Pareciam estar viajando de férias e não atendendo em um PoC no Sudão do Sul. Como eu queria ser ela, pensei. E, em seguida, falei com Jules, que estava ao meu lado:

— Qual é mesmo o horário do meu voo na quinta?

— O avião chega de manhã.

Tornei a observar Nino, mesmo evitando ao máximo olhar em sua direção. Incomodada com minha incontrolável fixação, resolvi me retirar.

— Vou passar na barraca antes de ir para a unidade de atendimento.

Havia combinado que faria o plantão naquela noite, já que Amelie estava esgotada dos dias em que eu ficara sem trabalhar e ela segurou tudo sozinha. Tinha pelo menos uma hora até começar, então resolvi separar as roupas que deixaria de presente para Rosie, uma das obstetrizes da nossa equipe. Era com ela que eu mais conversava e mais tinha sintonia nos atendimentos. Comecei separando as roupas de que gostava menos, depois as que tinha certeza que ficariam bem nela. Senti um cansaço extremo. A imagem de Nino e sua amante jantando não saía da minha cabeça. À medida que ia separando as roupas, a imagem se alternava com Carlos e eu comendo nosso derradeiro macarrão. Será que, se eu tivesse construído uma vida com Nino, hoje estaríamos jantando com o mesmo brilho com que ele e sua eslovena comiam? Ou com todo o desânimo de Carlos e eu? Certamente com o mesmo desânimo, disse a mim mesma.

Olhei para os montes de roupas. O amor está sempre fadado ao fracasso? Seria o tempo o grande triturador de afetos? Não, não era isso. O tempo deveria ser o propulsor dos afetos, e não o destruidor. Então qual era o problema? Eu? Seria eu o problema? Quase todas as minhas amigas estavam separadas, as desilusões não eram privilégio meu.

Pensei em deixar minha mala também; não fazia sentido levar tudo aquilo de volta. Nino e a eslovena vão se odiar em alguns anos? Ela, com seus olhos azuis, jogando flechas de ódio contra Nino, que ironizaria sua raiva só para diminuí-la.

Olhei para o monte de roupas que seriam doadas, muito menor do que o que eu levaria de volta. Não fazia nenhum sentido. E Nino? Eu iria embora e nunca mais veria Nino? Nino, Nino, Nino.

Num impulso, misturei os dois montes de roupas, fiz um grande bolo e coloquei tudo dentro da mala. Não levaria nada de volta para casa. Roupas velhas, casamento velho, a ideia de que eu precisava de um homem para ser feliz. Estava mais do que na hora de eu me libertar. Fechei a mala e fui para meu plantão.

No meu último dia no PoC, acordei com um cansaço ainda maior que o habitual. Rosie veio comigo até minha barraca depois do café, para pegar as roupas. Assim que entrou, apontei para a mala.

— Pode levar tudo.

— Tudo?

— Inclusive a mala.

— É muita roupa! Você vai ficar sem nada?

— Separei as calcinhas, duas calças, um pijama. Algumas camisetas e um casaco. Acho que é o suficiente para chegar ao Brasil. Você tem uma mochila para me emprestar?

— Tenho sim, tenho uma. Vou te dar.

— Ótimo. Vou voltar para casa com uma mochila nas costas, como uma humanitária perfeita.

Rosie não entendeu minha piada, e ficou me observando.

— Seu dedo está doendo?

— Não, nem parece que está fraturado.

— Você não parece feliz em estar partindo.

Eu estava arrasada. Havia chegado ali infeliz e perdida, mas me agarrava aos seis meses que passaria longe de casa, dando um tempo de mim. Depois de um mês, no entanto, minha sensação era a de estar voltando para casa ainda mais confusa e infeliz.

— Pois é. Preciso primeiro entender o que é isso, estar feliz...

Rosie me abraçou.

— Vou na minha barraca pegar a mochila e depois te acompanho até o carro.

Queria ter visto Nino uma última vez, mas ele não estava pelo *compound* na minha partida. Me despedi dos colaboradores e pacientes e entrei no carro. Era a terceira vez que fazia aquele trajeto. A luz mais bonita era aquela das primeiras horas do dia. Fiquei olhando a mata que reluzia ao longo da estrada, e não me lembrava de ter me sentido tão triste.

———

O avião sairia de Juba para a Nigéria somente no sábado, e fiquei hospedada em um hotel no centro da cidade à espera do voo. Assim como em Bentiu, eu não podia sair sozinha e sem autorização. Não que tivesse muita coisa para fazer, mas ficar trancada dentro do hotel pensando na chegada a Belo Horizonte me deixaria ainda mais deprimida. Para onde eu iria? Para minha casa? Dormir com Carlos? Jantar com Carlos? Ver se Bento não estava no videogame até tarde da noite e depois ter que brigar para acordar para a escola? Eu já não tinha mais nenhum comprimido, senão certamente tomaria alguns para encarar minha volta.

Mandei uma mensagem para o coordenador dos MSF em Juba e perguntei se podia sair. Ele respondeu que havia um grupo de três pessoas que iria ao mercado de rua e que, se eu fosse rápida, conseguiria me juntar a eles. O carro já estava na porta do hotel aguardando. Coloquei uma roupa, peguei uma sacola e um pouco de dinheiro e fui até a recepção.

O grupo estava no saguão, um garoto e duas meninas. Eram muito jovens, pareciam um pouco mais velhos que Bento, e estavam chegando ao Sudão do Sul para trabalhar no escritório da ONU. Quando souberam que eu vinha de Bentiu e que tinha sobrevivido a um atentado, passaram a me tratar com distinção. Eu que ia no banco da frente, eu que escolhia a rádio, eu que decidiria em que parte do mercado pararíamos.

O mercado parecia um museu de arte com as roupas coloridas expostas nas barracas. Saltamos em um lugar aleatório e começamos a andar. Havia música por toda parte, e a maioria das pessoas esbanjava alegria. Um Sudão do Sul bem diferente daquele do PoC, com seus urubus voando alto constantemente.

Eu queria comprar umas roupas, mas definitivamente não usaria nada daqueles modelos. Acabei comprando uma bolsa e uns tecidos, depois faria algo em modelagens mais do meu gosto. Imaginei a cara de Carlos quando me visse com uma roupa dessa. *Você não conseguiu salvar o mundo, Mariana, muito menos você mesma.* Uma das meninas do meu grupo me chamou para ver uma barraca que vendia pulseiras e colares. As peças eram realmente lindas. Comprei duas pulseiras de miçangas e coloquei uma em cada braço. Não tinha a alegria daquele povo, mas poderia levar um pouco daquele colorido comigo.

Fomos até uma barraca que vendia uns bolinhos, que pareciam ser feitos de milho. Nos sentamos em uma sombra para comer. Eles começaram a me perguntar mais detalhes da vida em Bentiu. Eu contei sobre a rotina exaustiva no *compound* e emendei na minha surpresa ao ver a rapidez com que as mulheres daquela vila haviam sobrevivido ao ataque.

De repente a música que tocava parou e um homem começou a gritar algo no alto-falante. As pessoas começaram a correr desesperadas. Os feirantes recolheram suas mercadorias e nós ficamos parados com nossos bolinhos na mão, sem saber o que fazer. Meu companheiros olhavam para mim, pensando, em sua ingenuidade, que eu saberia como agir. Para nossa sorte, o motorista nos localizou nesse exato momento e corremos com ele para o carro. Ele nos explicou que havia começado um conflito entre os soldados do governo e os da oposição e que parecia que a situação estava fora de controle. O melhor era nos levar para o hotel, onde ficaríamos protegidos.

Chegando ao hotel, nos sentamos para almoçar. A adrenalina que sentimos na feira já havia passado, e acreditávamos que o conflito entre os grupos tivesse sido algo isolado, mais um em tantos embates que enfrentava aquele país.

Fui para o meu quarto depois do almoço e deitei para tentar descansar. Me peguei pensando em Nino. Queria ao menos ter me despedido dele. Poderia ter dito que ele estava enganado sobre mim: eu pouco conseguiria fazer por aquelas pessoas. Era Carlos que estava correto. Eu, em missão no Sudão do Sul, nada mais era que uma comédia de erros. Entre o que diziam Carlos e Nino, plainava a imagem turva de uma Mariana cambaleante.

Estava quase dormindo nesse devaneio quando meu celular tocou com uma mensagem de um dos coordenadores do MSF. Queria saber se poderia me ligar. Respondi que sim e ele ligou em seguida. Os conflitos haviam feito alguns feridos e ele queria saber se eu poderia fazer atendimentos caso fosse necessário. Sim, claro, falei. Ele agradeceu e disse que voltaria a entrar em contato.

Só no dia seguinte, ao acordar, comecei a ter noção do que estava acontecendo. O clima no hotel estava tenso. Havia uma mensagem dizendo que, por conta dos conflitos recentes, meu voo para a Nigéria estava cancelado. Em seguida o coordenador da organização chegou e chamou todos do MSF para uma reunião. Ele nos explicou que os soldados do presidente Kiir estavam lutando contra os soldados do vice-presidente Machar. Os embates tinham tomado grandes proporções, e já havia muitos feridos. Ele precisava saber quem poderia ir até as unidades de atendimento e quem preferia ficar no hotel. Eu levantei a mão. Estava disposta a ir; tudo seria melhor do que ficar esperando as horas passarem.

O hospital coordenado pelos MSF em Juba era muito mais equipado que as unidades de atendimento do PoC. Fui direcionada para a área de maternidade, onde eram feitos também os primeiros socorros a mulheres violentadas. Tudo parecia tranquilo. Havia quatro mulheres em trabalho de parto, a princípio sem nenhuma complicação. A médica responsável deixaria o turno ao meio-dia, e eu ficaria de *backup* dela e da outra que assumiria nesse dia.

Ao meio-dia, a outra médica não chegou. Ela morava perto de uma das áreas em conflito e não quis sair de casa. Às quatro da tarde chegaram as primeiras mulheres violentadas por soldados. Eu já havia atendido muitas vítimas de ataques no PoC, mas percebi que o estado das que chegavam era mais grave. As mulheres que vi e de quem eu cuidara em Bentiu foram um preparativo para que eu aguentasse ver a violência a que estas haviam sido submetidas pelos soldados. E elas não pararam de chegar.

De noite, percebi que não voltaria para o hotel para dormir. Na troca de plantão, ninguém apareceu. Estavam todos sitiados dentro de casa com medo de sair. Os conflitos entre os soldados de Salva Kiir e os de Marcha haviam dominado toda a cidade. Consegui tirar um cochilo às quatro da manhã, depois de ter feito um parto de gêmeos. No Sudão do Sul, comecei a perceber o quanto a tragédia humana e o milagre da vida podem estar próximos.

Acordei às sete horas, sentada em uma cadeira, com o corpo doído. Não comia fazia horas, então resolvi procurar o café do hospital para aliviar um pouco meu desconforto. Ao encontrá-lo, percebi que a maioria dos médicos tinha tido a mesma ideia, pois o lugar estava bem cheio. A TV mostrava os últimos acontecimentos. Havia imagens do presidente Kiir protegendo Machar de ser assassinado no próprio palácio do presidente. Perguntei ao médico ao meu lado o que estava acontecendo.

— Tentaram matar Marcha; foi Kiir que o salvou. Eles mesmos estão condenando o conflito entre seus soldados. Já deram declarações pedindo que eles parem, mas a situação só piora...

— Você é daqui?

— Nigéria.

— Não consigo entender como podem se ferir assim.

— Você não é africana, é mais difícil mesmo. Se bem que até para nós é incompreensível.

Um homem alto se encostou no balcão ao nosso lado, cumprimentando o médico. Seu rosto não parecia cansado, mas os ombros estavam arcados, como se estivesse carregando algo muito pesado.

— Chegou um sul-sudanês. Talvez ele possa falar um pouco melhor do que eu. Gatluak, ela acabou de me perguntar o motivo de tudo isso. — O nigeriano apontou a cabeça para as cenas de destruição mostradas na televisão.

Gatluak estendeu sua mão enorme para mim. Olhou para meu jaleco:

— Você é dos MSF?

— Sim.

— Já trabalhei com vocês.

— Médico?

— Trabalho na administração. Estou aqui no hospital agora.

— Isto aqui me parece um inferno, e não acredito que só eu, por ser de fora, sinta dessa forma.

— Não, é assustador mesmo, principalmente depois que passaram a ter armas de fogo, a estarem armados. Quando usavam escudos e lanças, era diferente. Um sul-sudanês cresceu vendo dinkas e nuers lutando. Existe um mito de que um nuer e um dinka eram os dois filhos de Deus, e Ele havia prometido ao dinka uma vaca velha e ao nuer um bezerro. O dinka foi de noite ao estábulo de Deus e, imitando a voz do nuer, levou o bezerro para ele. Quando Deus descobriu a trapaça, ficou furioso, e encarregou os nuers de roubar os gados dos dinkas até o fim da vida. Para os nuers, atacar e roubar um dinka é um dever, o estado normal das coisas. Criar gado e lutar contra um dinka são as duas obrigações de um nuer desde o começo dos tempos. Na tradição, a primeira coisa que um menino nuer faz quando é iniciado no mundo adulto é planejar um ataque aos dinkas para ficar rico e ter boa reputação como guerreiro. Os nuers têm tanto desprezo pelo dinkas que ridicularizam a coragem deles, a forma como lutam. Para eles, lutar contra um dinka é tão banal que eles não acham necessário nem levar escudos nem planejar o ataque.

— Então são os nuers os responsáveis por tudo isso?
— Não, claro que não. Isso é um pouco de história. E os dinkas também atacam, roubam o gado, mas na surdina, fazendo trapaça. Os dinkas são considerados ladrões, e eles aceitam. Sabem que é verdade. Qualquer dinka vai te dizer que, desde que o bezerro foi roubado de Deus, os dinkas vivem roubando e os nuers guerreando. Mas, como eu falei, isso tudo é história, a tradição das tribos. Hoje em dia, com o mundo moderno, com a chegada das armas de fogo, muita coisa mudou.

— Então os dinkas atacam também?
— Se eles atacam? É só olhar para este hospital. Sabe como isso tudo começou? Os dinkas mataram na semana passada um tenente de Machar. Na surdina. Soldados dinkas, leais a Kiir. Todos tentando um acordo de paz, eles vêm e matam o tenente, matam por nada. Assim são os dinkas. E ainda tem os outros grupos armados. Agora um nuer nunca vai matar na surdina, nunca vai torturar a vítima. Ele mata de frente, com respeito. Não mata velho, não ataca mulheres nem crianças. Os dinkas que se especializaram nessas brutalidades.

Guatluak era nuer, claro, e, mesmo sabendo que suas explicações eram enviesadas, eu queria conversar mais, ouvir mais um sul-sudanês falando do conflito. Mas seu rádio tocou e ele teve que sair rápido, acompanhado do médico nigeriano.

Eu estava me sentindo menos cansada depois de ter comido o bolo e tomado duas xícaras de café. Fui ao banheiro e finalmente entendi por que todo médico humanitário sempre carrega uma mochila. Você nunca sabe quando vai embora, nunca sabe como será seu dia seguinte. Eu não trouxera nada. Tinha ido para o hospital com a ilusão de que de noite tomaria um banho quente no hotel e dormiria por horas com as cortinas fechadas e de pijama.

A ala de primeiros socorros estava lotada, e eles começaram a recrutar médicos de outros setores para ajudar no atendimento, já que a equipe não conseguia chegar ao hospital. Na noite anterior haviam chegado mais de cento e cinquenta soldados feridos e mortos. Avisei na maternidade que eu estaria lá na emergência. E, de repente, me vi em uma cena dos infernos. A palavra *guerra* ganha corpo em um lugar como aquele. Homens fardados semidestroçados gemiam. Um médico francês tentava coordenar os atendimentos por ordem de prioridade, mas o volume de pacientes parecia que só aumentava.

Fiquei fazendo sutura nos pacientes com muito sangramento até que pudessem ser operados. Estava habituada ao sangue do parto, mas o sangue da morte tinha um cheiro muito diferente. Eu estava nauseada. A princípio achei que fosse cair como um deles, mas de repente engrenei em um semitranse, um estado de consciência alterado, talvez pelo cansaço, pelo enjoo ou pela quantidade de sangue, seja lá o que tenha sido. O fato é que passei o dia atendendo aquelas pessoas gravemente feridas e nem vi quando chegou a noite. Tinha acabado de amarrar a perna de um soldado que estava esperando ir para a mesa de operação quando senti uma mão em meu ombro. Era Nino. Pela quantidade de sangue em seu jaleco, entendi que já estava no hospital fazia um tempo.

— Você está bem? — ele perguntou.

Não respondi. Se abrisse a boca para falar qualquer coisa, desabaria. Nino pareceu compreender. Apertou o meu ombro e continuou o seu caminho.

Quando olho para trás, vejo aqueles dias como um flash. Tenho que me esforçar para visualizar a evolução dos eventos, e parece que tudo aconteceu em um único bloco, de uma única vez. No dia onze, sábado, meu quarto dia dentro do hospital, quando achava que nada mais poderia me abalar, eu me vi sendo chamada para a maternidade, pois haviam chegado mais cinco mulheres estupradas. Tinha ouvido rumores de que um hotel fora atacado, mas nunca imaginei que esse hotel fosse aquele onde eu estava hospedada.

Quando entrei na sala de atendimento, a primeira pessoa que atendi foi Tereza, a menina que havia me mostrado a barraca que vendia as pulseiras coloridas que eu trazia no pulso. Ela tinha sido violentamente atacada e estava inconsciente. Eu ja havia atendido dezenas de mulheres vítimas de estupro naqueles dias, mas Tereza era o primeiro rosto conhecido. Eu sabia como era sua voz, sabia dos seus planos e conhecia seu sorriso. Cuidei dela como se fosse uma filha. Uma filha e suas quatro amigas atacadas no mesmo hotel onde eu estava. Se eu não estivesse no hospital, talvez fosse eu ali, inconsciente.

Quando acabei o atendimento das estrangeiras atacadas, sentei em uma cadeira e tive um apagão. E, de lá, minha memória já me transporta para aquele pequeno bar sujo. Como chegamos até ele, nunca consegui me lembrar. Um pedaço de tempo editado, suprimido. A vida adiantada para sua cena principal.

Nino tinha pedido uma bebida alcoólica e uma sopa de vegetais. Só havia nós dois no bar. A mesa e as cadeiras em que estávamos sentados eram feitas de restos de madeira. Ele me fez comer e beber enquanto explicava tudo que sabia sobre o conflito. Também estava cansado, dava para ver em seus olhos.

— Como conseguimos chegar aqui?

— Morei dois anos em Juba. Conheço um pouco a cidade e os jeitos de sair do hospital. Precisamos de um pouco de ar.

— Obrigada.

— Achei que não fosse mais te ver.

— Eu também — respondi, sem esconder meu descontentamento com isso. Nino ficou parado me observando.

— Você já sabia que atendia tão bem em situações extremas?

— Acho que não. Mas por que está dizendo isso?

— Naquele dia, naquela tribo, e nesses dias no hospital, dá para ver que você aguenta bem a pressão.

— Você também.

— Sim, mas eu estou há anos nisso...

Fiquei em silêncio tomando a sopa. Ela estava tirando um pouco do meu cansaço, mas, quanto mais disposta eu me sentia, mais força tinham as imagens de terror dos últimos dias.

— Não sei se você tem razão. A última pessoa que atendi, o nome dela era Tereza. Ela tem vinte e poucos anos e ia trabalhar no escritório da ONU. Foi ela que me fez comprar estas pulseiras... — coloquei a mão sobre uma delas.

— Uma pulseira dinka.
— Salva Kiir é dinka, certo?
— Sim. E Marchar é nuer. Mas a briga entre eles não é um conflito de tribos. Eles brigam por petróleo, pelo poder.
— Os soldados são brutais.
— Sim, são. Todos são. E poucos anos atrás, quando o país ficou independente, deu para acreditar que eles viveriam em paz sem a pressão de Cartum. Mas a guerra civil está destruindo o país.
— De onde vem tanto ódio, tanto desejo por violência? Um sul-sudanês falou que faz parte da história das tribos, mas eu não consigo entender.
— Às vezes eu acho que compreendo. Mas, em dias como esses, tenho certeza que é impossível compreender.
— É assombroso!
— Sim, assombroso.

Ficamos em silêncio, tomando a sopa. Nino virou o copo de bebida. Depois de um tempo, voltou a falar.

— Olha, sabe qual é uma das poucas coisas que todos os países, todas as etnias na África, têm em comum? Eles superam as suas dores dançando. Não tem dor que paralise seus corpos...

Nino se levantou e começou a revirar os bolsos. Achou uma moeda e foi até a caixa de som antiga que ficava em um canto ao lado do balcão. Que homem era aquele?, pensei. Imbatível. Ele escolheu uma música e olhou para mim.

"*When the night has come*
And the land is dark
And the moon is the only light we'll see

No I won't be afraid,
No I won't be afraid
Just as long as you stand, stand by me"

Nino veio até a mesa e me tirou para dançar. Em um canto daquela cidade em chamas, ele abraçou meu corpo e criou uma ponte por cima do abismo de onde eu olhava para o mundo. Seu cheiro, o tamanho do seu ombro, a temperatura do seu corpo, tudo nele eram caminhos, trajetos e saídas que se abriam diante de mim e que me levavam para além de uma vida sem sentido.

Em nossa primeira dança, entendi que, a partir dali, estaria sempre esperando que sua mão se estendesse em minha direção e me conduzisse pelo lado mais extraordinário da vida, a versão mais luminosa do mundo.

Quaisquer que tivessem sido minhas escolhas, meus acertos e erros, toda a minha vida fez sentido porque me levou até aquela dança, até os braços de Nino.

ANINHADA

Eu evitava falar com Bento. Ele tinha acompanhado os conflitos em Juba pela imprensa e estava muito angustiado; não tive coragem de dizer que, em vez de pegar um avião para a Nigéria, eu havia voltado para Bentiu. Liguei só na primeira manhã depois da minha volta.

— Você chega sábado que horas?

— Bento, eu não vou voltar agora.

— Por que não?

— Não estou preparada.

— Não está preparada para voltar para casa? Mas para ficar aí, em um país em guerra, onde uma bomba quase te matou, depois atacaram teu hotel, para ficar aí você está preparada?

— São guerras diferentes — eu disse. A distância, achei que fosse possível ser sincera.

— Que guerra que você vive aqui? Comigo, com o papai?

Com seu pai, com você, comigo mesma. Mas como dizer isso para um filho? Um filho de dezesseis anos? Fiquei muda.

— Não vai responder?

— Bento, nem sei o que te dizer. A guerra talvez seja só comigo mesma.

Bento começou a gritar. Disse que me odiava, que eu era egoísta, que não deveria ficar em um lugar onde eu poderia morrer.

Esperei que ele se acalmasse e disse que talvez tivesse razão.

— Talvez seja só egoísmo meu, filho. Mas eu vim até aqui para ficar seis meses, e vou ficar até o fim da missão. Não vou pegar o avião na quinta-feira, mas te prometo que, quando terminarem os seis meses, eu volto para casa.

A tranquilidade com que respondi pareceu acalmá-lo.

— Não vai morrer aí, mãe! E não deixe de me ligar.

— Nunca, filho.

Desligamos e eu deitei na cama, ainda exausta dos dias em que ficara sitiada no hospital em Juba. Meu coração estava apertado com o desespero de Bento, mas fiquei aliviada de ter deixado claro que não voltaria ainda. Olhei ao redor, feliz de ver que estava de volta à barraca ascética de Bentiu PoC. Se não fosse a eclosão do conflito em Juba, àquela hora eu estaria em Belo Horizonte, vendo o que tinha na geladeira para fazer uma compra online antes de ir para o consultório. Minha verdadeira tragédia.

Foi Nino quem me conduziu de volta a Bentiu. Nossa dança no bar em ruínas não saía da minha cabeça e do meu corpo. Voltamos ao hospital naquela noite e não conseguimos nos separar. Fizemos todos os atendimentos juntos, eu atuando como sua assistente. Eu já não era mais a mesma. Depois de ter encostado em Nino, de ter sido conduzida por ele, entrei na sala de emergência com a firmeza de quem acredita na impermanência das coisas, e aquela firmeza era de Nino.

Na manhã do dia seguinte fomos encaminhados para um hotel provisório, onde descansaríamos depois de quatro dias no hospital. A situação em Juba finalmente estava sob controle e o volume de vítimas tinha diminuído consideravelmente. Dividi o quarto com mais duas colaboradoras do MSF e dormi mais de vinte horas seguidas. No dia seguinte, encontrei Nino sentado na entrada do hotel. Ao seu lado estava uma mochila.

— As coisas estão mais calmas. Volto hoje para Bentiu, estão precisando de mim lá. Você volta quando para o Brasil?

Eu o encarei, assustada. Nem me lembrava de que voltaria para o Brasil. Os dias no hospital, nossa dança, o longo e profundo sono, tudo que eu vivera nos dias anteriores havia apagado o caminho que me levaria de volta a Belo Horizonte. Fiquei pensando de que forma eu conseguiria colocar um oceano entre Nino e eu. A angústia de ter que voltar para o Brasil se transformara no desespero de me afastar de Nino.

— Não sei. Já voltaram os voos para a Nigéria?
— Talvez.

Nino se moveu para o canto e sinalizou com a mão para que eu me sentasse ao seu lado.

— Por que você está indo embora? Se estivesse traumatizada por conta do atentado, não teria conseguido fazer o que fez nesses dias no hospital.

— Eu não sei te dizer por que estou voltando.
— Então fique. Volte para Bentiu.

Ele disse *volte para Bentiu* como um pedido. Fiquei tão envaidecida com aquilo que tive que disfarçar minha alegria.

— Mas como, se meu retorno já foi definido com o MSF?
— Isso é o de menos. Eu resolvo. Depois de tudo que você fez aqui, o que eles mais querem é poder continuar contando com você.

Eu queria deitar a cabeça em seu ombro, dizer que, sendo conduzida por suas mãos, eu iria a qualquer lugar do mundo, mas, em vez disso, fiquei chacoalhando a perna de um lado para o outro. Ele colocou a mão sobre ela, fazendo-a parar:
— Se tiver lugar no voo de hoje, você volta comigo?

Assenti com a cabeça, e Nino sorriu daquele jeito que resgatava o melhor de mim das sombras e me devolvia com uma ordem: essa é a Mariana que o mundo quer conhecer.

Chegamos a Bentiu já era noite, e, tirando a alegria que eu ainda tentava entender que realmente fazia parte de mim, nada tinha mudado: o calor, Jules, os soldados e a eslovena recebendo Nino. Olhei os dois a distância. Não haveria um oceano entre ele e eu, mas uma eslovena. Não me abalei. Havia tanta coisa que Nino tinha descortinado em mim que eu ainda estava vivendo certo deslumbramento comigo mesma.

Jules me encaminhou para a mesma barraca e eu fiquei feliz de ver a jarra de água no mesmo lugar em que a deixara. Saí na escuridão para enchê-la e, depois de escovar os dentes e lavar o rosto, dormi com a sensação de estar voltando para casa.

Diferente de Juba, onde tive Nino para mim, em Bentiu era difícil estar com ele. Atendíamos em unidades diferentes, e, sempre que o via no refeitório, a eslovena estava ao seu lado. Mas eu não tinha pressa. Ainda olhava abismada para a Mariana que surgira depois de nossa dança, e, durante muitos dias, conviver com essa nova pessoa dava a calma necessária para apenas observar Nino de longe.

Numa tarde, Jules me procurou durante um atendimento dizendo que havia uma equipe de filmagem no PoC e que ela queria gravar um relato sobre os dias em Juba. As gravações seriam em um estúdio que eles montaram em Bentiu, e um dos carros da organização me levaria até lá.

— Quando?

— Agora!

— Agora? — Apontei para a longa fila de mulheres que esperavam atendimento.

— É importante para a organização que você vá. A gente precisa divulgar o nosso trabalho. Do contrário, acabam as doações...

— E quem fala com elas?

— Rosie não pode atendê-las?

Não era o ideal, mas assenti com a cabeça.

— Está bem, vamos lá — eu disse, tirando o jaleco.

Jules me acompanhou até o carro e, quando estávamos nos aproximando, comentou:

— Que bom que ele não se atrasou.

Ele era Nino. Estava encostado no carro, nos vendo chegar.

— Ele também vai?

— Sim. A entrevista vai ser com vocês dois. Se não quiser falar muito, não tem problema. Nino fala bastante...

Quis conter minha alegria ao cumprimentar Nino, mas não pude. Nem ele. Jules ficou nos observando. Nino se sentou no banco de trás.

— Vou na frente?

— Não, venha atrás. Nós vamos dar carona para uma pessoa de uma ONG. Ele pode ir na frente.

Jules se despediu de nós com um olhar malicioso. Nino, se reparou, pouco se importou.

— Como você está? Foi uma boa decisão ter voltado para Bentiu? — ele perguntou assim que sentei ao seu lado.

Olhei para ele antes de responder. Senti seu cheiro. Nesse instante chegou o rapaz que pegaria a carona, ajeitando-se ao lado do motorista. Nos apresentamos e, depois de um pouco de conversa, quando o carro já estava saindo das fronteiras do PoC, Nino tornou a fazer a mesma pergunta:

— Foi uma boa decisão?

Eu não sabia exatamente o que ele queria com essa pergunta, mas a insistência nela me fez perceber que talvez sentisse alguma coisa por mim. Aquilo me fez tão grande que mudei de assunto, só para ouvi-lo perguntar mais uma vez se estava certa de minha escolha.

— Eu fico tão feliz quando posso falar em português. Sinto falta, você não?

— Acho que não. Já são muitos anos fora no Brasil. Mas é bom porque ninguém nos entende.

Nino apontou para o motorista e o carona, alheios a nossa conversa.

— Você tem pouco sotaque de baiano.

— Você tem muito sotaque de mineira.

Rimos. Nino olhou para fora; já tínhamos nos afastado do PoC, e algumas vacas começaram a aparecer na estrada com grupos de pessoas que transportavam todo tipo de coisa em suas cabeças. Dava para ver em seu olhar a intimidade que tinha com aquela paisagem. Ele baixou mais o vidro da janela e depois se virou para mim:

— Você tem filhos?
— Tenho, um. Bento. Um adolescente.
— Marido?
— Um, também — respondi, tentando descontrair. Não estava a fim de falar da minha vida em Belo Horizonte. Queria distância da Mariana dos remédios, da Mariana que tinha falta de apetite e que brigava o tempo todo com Bento e Carlos.
— Eles sentem sua falta, seu único marido e seu filho?
— O Bento sim. O Carlos, meu único marido, não sei.

Apesar de insistirmos naquele tom descontraído, Nino percebeu que falar de Belo Horizonte me desestruturava, mesmo assim permaneceu no assunto:

— Eles apoiaram você ter ficado aqui?

Achei a pergunta impertinente, então me permiti dar de ombros, mas ele não recuou:

— Agora eu sei por que você iria voltar para o Brasil depois do atentado. Eles devem ter ficado bem preocupados com você. Mesmo assim, foi uma boa decisão ter voltado para Bentiu?

De repente entendi o que ele queria. Assim como eu, que manipulei a conversa para ouvi-lo mais uma vez perguntando se eu estava feliz de estar ali, perto dele, mesmo que não sobrasse nada para mim de sua relação com a eslovena, Nino também estava fazendo seu jogo. Ele iria insistir naquele assunto até me ouvir confessar que sim, eu estava desesperadamente feliz de estar de volta a Bentiu. Feliz porque estava longe do meu filho, do meu marido, feliz mesmo com as migalhas de apenas observá-lo ao longe. Feliz porque, desde que me percebera louca de amor por ele, eu havia me apaixonado por mim mesma, e, só por isso, aquela vida humanitária exaustiva e terrível havia se tornado o melhor lugar do mundo.

Observei o movimento que o vento fazia em seu cabelo. Eu queria enfiar a mão nele, puxá-lo para perto de mim, beijá-lo loucamente. Ele não se intimidou com meu olhar, mas eu sabia que estava ansioso para ouvir minha resposta. Plantar a incerteza seria melhor do que dizer que, mesmo que ele me desse apenas migalhas, ainda assim eu tinha certeza de que estar em Bentiu era o que mais queria.

— Eu não sei, Nino, não sei se foi uma boa decisão. O que eu disse ao Bento foi que vim para ficar seis meses, e é isso que vou fazer.

Nino tornou a olhar pela janela, e agora o vento fazia um movimento contrário em seu cabelo, lambendo-o para trás. Eu também abri minha janela e fiquei olhando para fora, buscando a mesma sensação de ser acariciada pelo vento. Sem dúvida Nino tinha algum interesse por mim e sabia do meu interesse por ele. O que eu não entendia era por que me concedia tão pouco depois que havíamos retornado a Bentiu. Havia a eslovena, mas não era isso. Antes de nossos dias em Juba, ele conversava comigo mesmo ela estando por perto, às vezes vinha até mim para dizer coisas banais. Não fora apenas eu que havia me transformado depois da nossa dança; algo em Nino também se modificara.

Chegamos ao local onde seria feita a entrevista. Já estava tudo pronto para começarmos. Tivemos que assinar alguns papéis de direito de imagem e depois o diretor veio nos explicar como as coisas iriam acontecer. A ideia era que déssemos nossos depoimentos juntos. Fiquei mais tranquila. Nino parecia habituado com aquilo, mas para mim era tudo novo.

A primeira pergunta foi bem genérica, sobre os conflitos na África. Comecei a entender nesse dia que a intimidade de Nino com aquele continente não era apenas com a paisagem, ou com a vida em um PoC, nem com as possíveis fugas do hospital em Juba. Ele tinha uma relação profunda com tudo que era dali.

— África só existe para o resto do mundo. Aqui, existem etnias, paisagens, florestas, regiões, países. As pessoas daqui desconhecem essa unidade que o resto do mundo tenta concentrar nessa palavra, *África*. Então eu me sentiria mais confortável em falar sobre os conflitos do Sudão do Sul, já que é sobre isso que nós vamos conversar.

Nino tinha uma grande reputação no meio humanitário. O diretor sabia disso e, em vez de se sentir ofendido com os comentários muitas vezes cínicos de Nino, se desculpava e refazia as frases seguindo suas orientações. Nino contou de forma objetiva tudo que se passara no hospital nos dias do conflito. Ele não fez nenhum julgamento ou lamento sobre a quantidade assombrosa de mortos, sobre a crueldade escrita nos corpos dos feridos nem sobre a inutilidade daquela guerra. A sensação que tive durante nossa dança, de que o bem e o mal eram partes do mesmo processo, ganhava forma através de suas palavras.

Nino se portava como alguém incapaz de julgar os conflitos, e rechaçou qualquer tentativa do entrevistador de descrevê-lo como um herói. Sua mensagem era clara: sou apenas um médico cumprindo a missão de atender pessoas feridas ou doentes. Sempre que podia, Nino ressaltava que o país era um lugar mágico, o país mais incrível em que ele já havia estado. E que sua população era de pessoas alegres e fortes.

Fiquei tocada por ver que Nino não julgava os acontecimentos. Aquilo me pareceu o certo a fazer, e, quando chegou minha vez de falar, tentei ser o mais imparcial possível, me abalando apenas quando falei de Tereza. O entrevistador quis se estender no assunto, pediu que eu relatasse como as jovens estavam depois do ataque ao hotel, e eu teria embarcado se não fosse Nino cortando o assunto:

— Uma pessoa atacada e ferida é uma pessoa atacada e ferida. Não se pode fazer distinções.

Ele tinha razão. Eu me senti inábil para continuar a entrevista. Perguntei se podiam prosseguir sem mim, mas Nino disse que ele também já tinha esgotado o assunto. A equipe nos agradeceu e um carro já nos aguardava na porta da casa que servira de estúdio. Nino se sentou no banco da frente e eu entrei no de trás, pensando se ele estaria decepcionado com meu relato. Assim que o carro deu a partida, comentei que estava admirada com o jeito como ele conseguia se expressar.

— Que jeito?

— Sem julgamentos.

— Eu sou médico. O entrevistador era jornalista. Ele que tem que analisar o mundo. Minha missão é outra.

— Nossa missão.

— Sim, nossa missão.

— O que mais me comoveu quando vi as meninas chegando no hospital é que elas tinham a idade do meu filho. Poderia ser ele ali... quanto mais pessoal, mais difícil é. Mas claro que não posso falar isso em uma entrevista. Despreparo meu. Obrigada por ter me interrompido.

— Esses jornalistas são abutres à espera de uma tragédia.

— Queria aprender com você a ser assim...

— Assim como?

— Preparado para o mundo. Ter seu ponto de vista, que sempre parece tão correto.

— Acho que você tem que se perceber melhor, Mariana. Não há nada que eu possa te ensinar. Desconfiei quando te conheci, mas ficou bem claro em Juba. Somos do mesmo mundo. Não do Brasil, de um mesmo mundo subjetivo. Não há nada que eu possa ensinar que você já não saiba.

Ele se virou para trás e ficamos nos olhando. Eu me arrepiei. Nino tornou a olhar para a frente e eu ouvi minhas palavras tentando trazê-lo de volta sem que eu pudesse contê-las:

— Por que você se afastou de mim desde que nós voltamos a Bentiu?

Nino demorou para responder. Até pensei que não tivesse me escutado por conta do barulho do vento, mas depois de um tempo ele tornou a se virar.

— Eu tenho medo de você, Mariana. Não sei por quê, mas tenho. Por isso tenho te evitado.

Medo do quê?, eu poderia ter perguntado, mas, em vez disso, meus olhos se encheram de água. Nino se virou para a frente e não falamos mais nada até chegarmos ao PoC.

Cheguei à minha barraca e tudo ao redor parecia levitar. Eu teria que voltar à unidade de atendimento para substituir Rosie, mas queria estender ao máximo aquela sensação. A distância de Nino não era porque ele não se importava comigo. Sua distância tinha formas que eu não ousava sequer imaginar.

Enchi a jarra e me banhei demoradamente, repassando suas palavras. *Eu tenho medo de você.* Eu sabia que aquela confissão tinha derrubado um muro. Nosso último olhar confirmou que nossos corpos não teriam mais fronteiras; dava para ouvi-los gritando. Eu me sentia um cão à espera do cheiro de Nino. Não iria ver paciente nenhum. Ficaria aguardando por ele o tempo que fosse. Meu corpo já não conhecia caminho de volta.

Ele não demorou a aparecer. Eu estava deitada na cama quando ouvi sua voz do lado de fora da barraca. O único som do mundo, sua voz. Abri a porta. Fiz sinal para ele entrar, mas ele não se moveu:

— Quer ver a lua nascer?

Eu não conseguia nem falar. Nino estava ali, na minha frente, na escuridão da noite, ao alcance dos meus braços. Ele pediu que eu pegasse o lençol que estava embolado em cima na cama e colocou sobre os ombros. Depois, me conduziu pela noite. À medida que nos afastávamos do *compound*, a escuridão criava forma, dominando tudo à nossa volta. Eu me arrepiava ao pensar em todas as mulheres atacadas por ali, mas não dizia nada. Era Nino que estava me conduzindo, não havia o que temer. Paramos em um terreno descampado; foi a única coisa que eu pude perceber no escuro. No céu, milhares de estrelas. Nino tirou o lençol do ombro e o esticou sobre o chão. Sentamos um ao lado do outro. Eu desconhecia aquele sentimento: estar ao lado de alguém, e isso ser a vida em si. Não precisava de mais nada, apenas dele, ao meu lado.

— A lua está crescente. Vai nascer ali. Fina. Mas será o suficiente para iluminar ao nosso redor.

Dissemos poucas palavras naquela noite. Eu não tinha domínio da minha voz, nem dos meus gestos. Fiquei calada, na expectativa de que a lua aparecesse e me mostrasse com sua luz um caminho para meu corpo revolto. Minhas mãos tremiam. Nino ficou com o corpo reclinado, olhando para o céu. Não sei onde estava, mas ficamos um longo tempo assim. O barulho dos grilos era a única coisa com mobilidade ao nosso redor.

De repente, Nino pegou minha mão. Era só uma mão sobre a minha, mas meu corpo, em tempestade, precipitou-se. Nino havia me transformado em queda-d'água. Ele percebeu o quanto eu estava alterada. A comporta havia sido aberta, um caminho sem volta. Nino pegou em meu cabelo e puxou meu rosto para cima, colocando a boca em meu ouvido, mostrando que sua respiração estava tão ofegante quanto a minha. Os dedos da outra mão ele enfiou em minha boca, e ficamos assim, parados, sentindo apenas nossa respiração, até ele descer a boca pelo meu colo e chegar ao meu seio.

Fazia muito tempo que eu não sabia o que era sexo. Meus sentidos estavam tão aflorados que achei que não fosse aguentar. Mas era Nino ali, recriando os contornos do meu corpo. Ele me deitou sobre o lençol e tirou minha calça. Depois tirou a própria roupa. Além do cheiro de sua pele, do seu hálito, havia o cheiro do mato, da terra, da noite. Seu corpo era denso, pesado. Eu quis mais, quis tudo. Me perder, nunca mais voltar. Nino deveria me aniquilar.

Uma lua tímida, um fio curvo, surgiu no horizonte quando, exausta e desfeita, comecei a retornar a mim. Adormeci com o rosto colado no pescoço de Nino. Ele me acordou algum tempo depois.

— Vamos? Daqui a pouco vai clarear, e não conseguiremos voltar ao *compound* sem ninguém nos ver.

Caminhamos de mãos dadas, em silêncio. Eu não sabia o que significava aquela noite para Nino, mas para mim foi um vislumbre do que poderia ser Deus. Através do corpo, dos sentidos, alcancei um estado em que não havia mais bem nem mal. Não havia erros, culpa ou conquistas. Tudo era a vida em si, as coisas acontecendo como têm que ser. Até as mais brutais. Eu me senti capaz de suportar todo o peso do mundo, pois ele era meu. O mundo era meu.

Chegamos em frente a minha barraca e Nino me deu um beijo demorado. Eu queria falar sobre o tamanho daquela noite em mim, mas não acharia as palavras para descrevê-la. E estava amanhecendo, precisávamos nos despedir.

— Até daqui a pouco, Mariana.

— Até, Nino.

Nos desentrelaçamos e eu deitei na cama do jeito que estava. Tentei organizar palavras que dessem conta do que senti, mas ainda assim, mesmo em um fluxo de pensamento, vi que não seria possível. Não existem palavras para codificar certos sentimentos. Dali a duas horas começaria meu plantão. Era bom ter algo concreto à frente, algo que me trouxesse de volta à realidade e me retirasse um pouco do universo chamado Nino.

Eu só não imaginava que esse resgate fosse tão perturbador.

Naquele mesmo dia, quando entrei no refeitório para almoçar, vi Nino sentado com a eslovena. Os dois comiam e riam. Ele não me viu, ou fingiu não me ver. Eu me servi de forma mecânica e caminhei até a mesa, sem chão. Depois de remexer um pouco a comida, sentindo um amargor na boca, vi a eslovena se levantar e sair. Nino levantou-se em seguida, serviu-se de mais comida e veio sentar ao meu lado.

— Conseguiu descansar?

— Pouco. E você?

— Pouco também, mas estou me sentindo bem.

Eu queria perguntar se ele havia dormido na barraca da eslovena depois da noite que passamos juntos, mas nenhuma palavra saía da minha boca. Ele agia como se nada tivesse acontecido, como se não houvesse problema nenhum em ter passado a noite comigo e depois já estar ao lado de sua namorada. Na verdade eu nem sabia o que a eslovena era dele. Ele ficou falando de um caso de aneurisma que tinha atendido, e que, por todos os países por onde havia passado, atendera poucos casos como aquele. Deveria haver uma pesquisa para entender por que se sofre tão pouco de aneurisma nesse continente, ele disse.

Eu mal ouvia o que ele falava. Fiquei buscando em seu cheiro algo que denunciasse que tinha estado na barraca da eslovena logo depois da minha. Quando concluiu suas considerações sobre o aneurisma e o povo africano — ele não usou esse termo, nunca usava —, ele pousou os talheres no prato e ficou me olhando.

— Obrigado pela noite.

— Você agradece por uma noite como a nossa?

— Qual o problema?

— Estranho. Parece que eu te fiz um favor, ou alguma concessão.

— Tá bom. Se te chateia, não vou agradecer. Mas posso dizer que me faz muito bem estar com você?

Você nem imagina o que acontece comigo quando estou ao seu lado, pensei. Nino sabia que eu estava acabrunhada por conta da eslovena, mas deu pouca importância.

— Você ouviu dizer que estão pensando em descontinuar o projeto no Sudão do Sul? Depois dos últimos acontecimentos, estão achando que é muito arriscado manter os profissionais no país.

— Não ouvi nada disso.
— Tina acabou de me falar.

Tina era a eslovena. Era a primeira vez que o ouvia dizer o nome dela. Meu ciúme ficou ainda mais feroz depois de escutar sua boca dizendo aquele nome. Mas eu sabia que precisava fazer um retorno, não me entregar ao excesso de sentimento que Nino acendia em mim. Me vi como uma criança contrariada que se joga no chão aos berros. Nino estava na minha frente, paciente. Talvez soubesse a luta que eu estava travando comigo mesma, e parecia disposto a me ajudar. Já ele tinha saído da mesa da eslovena e ido para a minha com uma desenvoltura invejável. E ainda dissera o nome dela para mim. Eu queria que sua boca falasse apenas Mariana, que desaprendesse o outro nome, Tina.

Ele seguiu falando sobre as dificuldades que os MSF estavam enfrentando no país enquanto eu insistia comigo mesma que Nino e Tina estavam sentados à mesa conversando apenas como companheiros humanitários, não como amantes. Não mais. Ele havia dito para ela que passamos a noite juntos, que transamos até a exaustão naquele terreno descampado, sem nem nos preocuparmos se seríamos atacados ou desligados dos MSF por desrespeitar as normas de segurança. Falou da lua que parecia um fio, dos grilos, do cheiro da terra e do lençol no chão. E por fim disse que, depois dessa noite, só existiriam ele e Mariana. Nino e Mariana. Dois brasileiros. Duas pessoas que vinham do mesmo mundo.

— Espero que não acabe o nosso trabalho aqui — eu disse por fim.

— Eu também. — Ele jogou o brilho de seus olhos para os meus. Fui ao céu. Do inferno ao céu, em segundos.

A gangorra de sentimento que acompanhou toda a minha história com Nino.

Jules se sentou em nossa mesa nesse momento.

— Nino, vão chegar feridos de Lankien, os casos mais graves estão sendo mandados para Bentiu. Precisamos que você vá para o hospital.

Pela primeira vez, gostei de Jules. Eu precisava que a presença de Nino e do meu emaranhado de sentimentos fosse diluída. Nino se levantou da mesa.

— Temos mais alguma notícia de lá? — Nino perguntou a Jules.

— Só as de ontem à noite mesmo. A situação parece que continua igual.

Nino saiu apressado.

— O que aconteceu? — perguntei a Jules.

— Pieri foi atacado ontem.

— Onde fica Pieri?

— Fica a cinquenta quilômetros de Lankien. As pessoas se refugiaram na floresta, não temos um *bunker* lá, então nossa equipe também foi para a mata. Já chegaram mais de trinta feridos em Lankien, mas os números parecem ser assustadores. E há rumores de que um de nossos colaboradores morreu e outro foi atingido.

— Eu não entendo por que se atacam assim!

Jules falou sobre os conflitos armados, os conflitos tribais, mas suas rasas informações, pescadas em qualquer pesquisa na internet, não respondiam à minha pergunta. Como era difícil achar uma resposta para aquele desejo de sangue e destruição. Vi no Sudão do Sul o lado mais palpável da maldade humana, com pequenos grupos armados devorando vilas e vidas inocentes de forma brutal.

Verdadeiros selvagens. Tudo era selvagem naquele país. O escuro do céu, a forma como se feriam, o cheiro da floresta. Nino.

Nino também era um selvagem com seu brilho, com seu discurso de que o Sudão do Sul era o país mais incrível onde já estivera, o lugar onde vivera sua maior conexão com a força do homem, onde vira as paisagens mais bonitas, as pessoas mais nobres. E eu, do *compound*, do PoC, via basicamente a miséria humana. Crianças nadando no esgoto, bebês morrendo de desnutrição, mulheres violentadas. Nino lidava com isso diariamente, mas dizia que o Sudão do Sul havia sido a experiência mais transformadora de sua vida, a mais bonita.

Jules estava falando no rádio, conversando com nossa equipe em Lankien. Estava muito preocupado.

Será que a tal da Tina tinha razão e o país estava ficando impraticável? Se acabasse a operação dos MSF, eu não veria mais Nino. Deparei com um vão dentro de mim.

— Precisam de mim no hospital?

— Não, Mariana, já estamos mandando um número suficiente de pessoas. Você vai entrar no plantão agora?

— Sim.

— Atenda aqui mesmo. Se eu precisar, te chamo.

Jules terminou seu biscoito e saiu. Eu me servi de mais café, agradecendo o fato de estarmos abastecidos dele, e fui para meu plantão.

Passei o dia aguardando o retorno de Nino, mas até de noite ele não havia voltado. Também não vi a eslovena, o que significava que ela fora escalada para atender no hospital com ele. Deitei na cama, exausta. Além de mal ter dormido na noite anterior, passara o dia devorada pelo ciúme, imaginando Tina e Nino em Bentiu. Será que ele também a levaria a algum bar em ruínas e dançaria com ela?

Consegui dormir depois de um tempo. Estava sonhando com Nino, revivendo a noite que havia passado com ele, quando acordei com Rosie me cutucando. Dormi tão profundamente que não ouvi me chamarem pelo rádio. Rosie disse que Amelie estava tendo dificuldade em um parto pélvico e precisava de mim. Vesti uma roupa correndo, ainda aérea do sono profundo. Para Amelie ter pedido minha ajuda, devia ser urgente.

Chegamos à maternidade e vi Amelie e outra parteira em torno de uma mulher que, jogada na maca, gemia. Rosie havia dito no caminho que ela já tinha tido cinco filhos, e com isso eu pensei que seu corpo deveria ser capaz de fazer a expulsão de um bebê pélvico sem problemas. Amelie pareceu aliviada ao meu ver, e apontou para o corpo do bebê, que já estava para fora, mas sua cabeça ainda estava presa. Uma situação dificílima e urgente.

— Estamos há um tempo tentando... — Amelie disse, exausta.

Tínhamos que ser rápidas. O risco de o bebê morrer por sufocamento era enorme. Calcei as luvas e coloquei a mão dentro da mulher. Precisava encontrar o rosto do bebê para pressionar sua cabeça até conseguir liberá-la, mas não conseguia identificá-la. Não sabia se o que eu estava apalpando era sua orelha ou o nariz. Depois de alguns segundos, consegui enfim localizá-lo, e mesmo pressionando não conseguia retirar o bebê.

Pedi então o fórceps, e continuei tentando. O corpinho estava sem tônus e eu não conseguia sentir nenhuma pulsação no cordão umbilical, mas não quis descartar a possibilidade de ele ainda estar vivo. Quando o fórceps chegou, tentei colocá-lo, mas só um lado encaixou; o outro estava muito apertado. A mãe do bebê gemia mais forte a cada tentativa. Amelie estava ao meu lado e tentava me ajudar. Ambas estávamos suadas e com as mãos e braços cobertos de sangue.

Quando a pediatra chegou, confirmou que o bebê estava morto. Amelie e eu nos olhamos. Agora que não havia mais jeito de salvá-lo, que não havia mais urgência, tínhamos que conseguir retirar a cabeça dele sem que a mãe precisasse ser operada. E ainda, o mais assustador, não podíamos, em nossas tentativas, decapitar o bebê. Esse era o nosso maior medo. Troquei minhas luvas por outras que iam até o ombro, e Amelie e Rosie colocaram a mãe em quatro apoios, fazendo pressão em sua barriga a cada tentativa de expulsão do bebê. Deu certo. Em pouco segundos, a cabeça saiu, vindo atrás de si um jarro de sangue que cobriu meu rosto. As luvas não adiantaram nada, pensei, e, apesar de tensa por todo aquele sangue em mim, estava muito aliviada por termos conseguido.

Fui me lavar enquanto Amelie esperava a expulsão da placenta. A mulher estava jogada sobre a maca, exausta. Conseguimos colocá-la em uma posição em que se sentisse confortável depois de tanto esforço e dor. Rosie perguntou se ela queria ver seu bebê. Ela o pegou no colo e o ninou como se estivesse vivo. Seu rosto não tinha nenhuma expressão de dor. O marido estava ao seu lado, reconfortando-a. Eu e a equipe ainda estávamos em choque com a tensão dos últimos minutos, e tristes de não termos salvado o bebê. Amelie, ao meu lado, agradeceu por eu ter vindo.

— Eu só tinha visto isso em livros, em situações hipotéticas. Agora eu entendo por que poucos fazem esse tipo de parto na França. Se alguém era uma boa candidata a um parto pélvico, era essa mulher. Cinco filhos, o bebê não era tão grande. E ainda assim ela teve o pior parto possível. O bebê morreu entre as pernas dela.

Concordei com Amelie apenas com a cabeça. Realmente tinha sido uma experiência traumatizante. Para todos. Mas o que mais me marcou foi a expressão da mãe segurando o bebê morto. Ela o ninou em silêncio, com calma e por um longo tempo. Não havia dúvida de que estava emocionalmente marcada por aquele terrível parto, mas em seu rosto não havia uma emoção definida.

Me lembrei das mulheres violentadas que eu atendera na vila, pouco depois da minha chegada. Meu primeiro contato com a aparente indiferença delas com a dor. Parecia que simplesmente viviam um dia atrás do outro, um momento atrás do outro, de forma prática e sem queixas. Ao menos eu não conseguia detectar lamentações nas mulheres do Sudão do Sul. E pensei com tristeza, olhando para a mãe com o bebê morto em seu colo, quanta tragédia era preciso para construir aquelas mulheres impassíveis.

Eu tinha criado o hábito de tomar banho no fim da tarde, pois era o horário mais fresco e a água ainda estava morna do calor do dia, mas, depois daquele parto, precisava de uma ducha gelada sobre mim. No chuveiro, olhando para a lama em volta dos meus pés, lembrei do quanto aquilo me parecera assustador no primeiro dia no *compound*. A palavra *assustador* tinha agora outra dimensão. Uma vila atacada, um bebê morrendo entre as pernas da mãe, Pieri atacado e Nino com Tina em Bentiu.

Depois de me trocar e falar com Bento, fui até o refeitório tomar café da manhã, torcendo para encontrar Jules e ter notícias de Nino. Ao entrar, para minha surpresa, vi Nino sentado em uma das mesas. Estava acompanhando de um de seus assistentes, que se levantou assim que me sentei, se despedindo de Nino.

— Como foi em Bentiu? — tentei enfatizar que estava apenas em busca de informações.

— Bom dia, Mariana.

— Desculpe. Bom dia, Nino.

— Acho que a situação está sob controle agora. Não chegaram mais feridos, mas perdemos dois colaboradores.

— Eu soube. Que triste.

— Sim, é triste.

— Acha que vão retirar os atendimentos daqui?

— Por ora, não.

— Por que você acha isso?

— Porque foi um conflito rápido. Sempre acontece. O projeto só pararia se os ataques fossem por mais dias. Mais organizados, quero dizer.

Nino não tinha medo nem cansaço na voz. Como me fazia bem estar ao seu lado. Não sentia mais meu coração comprimido.

— Fiz um parto difícil esta madrugada. O bebê morreu.

Falei sobre o parto da forma mais técnica que pude. Nino ouviu tudo atento e perguntou detalhes. Depois, me encarando demoradamente, perguntou por que eu estava tão chocada. Suspirei. Ia responder que era pelo bebê que havia morrido, mas não era isso.

— Essas mulheres, elas me assustam. A mãe ninou o bebê como se ele estivesse vivo, e não tinha nenhum sentimento no rosto dela. Nenhuma tristeza.

Eu queria complementar, dizer que, enquanto isso, eu me desesperava de ciúme, imaginando ele com Tina em Bentiu. Eu desesperada de ciúme e aquela mulher impassível com seu bebê morto. Em que ponto eu e ela convergíamos?

— Elas te assustam porque são diferentes de você.

— Diferentes, sem dúvida. Mas é a aparente indiferença dessas mulheres que me assusta.

— Você não vai entender um povo sem se livrar dos seus próprios conceitos, Mariana. Faz uns sessenta anos que o assistencialismo chegou aqui. Hospitais doados por franceses, escolas fundadas por belgas, estradas construídas por alemães. Todos certos de que estavam ajudando muito, felizes por se redimirem um pouco de toda a merda que fizeram quando dominaram o continente. Enquanto os antigos colonizadores estiveram aqui gerindo, tudo funcionou. Mas, quando partiram, o que chamaram de legado foi simplesmente desmoronando até entrar em ruína. Presentes de Natal que seriam usados até que acabassem as pilhas. Na tradição da maioria dos povos daqui, mudanças, decadência e renovação são o ciclo da vida. Uma casa de barro é construída, depois desmorona, e outra é construída. Não há um projeto futuro, uma noção de continuidade. A vida é o aqui e agora. E é isso que faz com todos se levantem depois de uma tragédia.

Fiquei muda. Pensei nas mulheres refazendo o cercado depois de terem sido violentadas, tornei a pensar na pobre mãe com o filho sufocado entre suas pernas.

— Eu sei que você pode pensar nessa mulher sem espanto. Você não tem essa ideia tola de salvação, então fica mais fácil entender as pessoas daqui.

Nino tinha razão; eu não deveria julgar aquelas pessoas com minha visão de mundo. Mas as palavras dele precisavam ser organizadas dentro de mim.

— Difícil abandonar nosso ponto de vista.

— Eu sei. Quase ninguém consegue, e nem percebe.

— Eu não sei se algum dia vou conseguir olhar para essas mulheres sem espanto, como disse você. Mas... as coisas mudam... a gente muda. Nas minhas primeiras noites, eu demorava para dormir por conta do barulho dos grilos. Eles me irritavam. Mas hoje em dia nem os ouço. Os urubus... a quantidade de urubus também não me assusta mais.

— Urubus? Aqui não tem urubus!

— Como não? Esse monte de pássaros pretos que ficam voando sobre o *compound*, são o quê?

— Essas aves são milhafres!

— Nunca ouvi falar em milhafres...

— É porque é sua primeira vez aqui. Tem muitos milhafres nesta região. Eles migram de Portugal para cá no inverno. É tipo um gavião. Sabia que eles passam a vida inteira com o mesmo companheiro?

— Milhafres... e eu pensando que eram urubus! Muito mais românticos os milhafres!

— Eles viajam em lua de mel. Fazem filhos lá... — Nino completou.

— Nossa, eu quero nascer milhafre na próxima vida!

Nino ficou me observando.

— Sabe o que eu ainda não entendi? Por que é que você veio para cá? O que lhe trouxe ao Sudão do Sul, Mariana?

Nino me pegou tão de surpresa que não consegui elaborar minha resposta.

— Vim fugir de mim. Na verdade, do meu casamento é que eu quero mais distância.

Ele me olhou com carinho. Meus olhos se encheram de água.

— Há quanto tempo é casada?

— Dezessete anos.

— Ele não é legal?

— O Carlos? Ele tem um coração bom, não é má pessoa. Mas não é um bom marido. Você já foi casado?

— Nunca.

— Sorte a sua.

— Por quê?

— Casamento é um engodo. Você cresce acreditando que alguém vai fazer você feliz, fazer você se sentir completo, mas isso é mentira. Em pouco tempo, só suportamos um ao outro.

— Nunca fui casado, mas, se tivesse uma vida diferente, menos nômade, se tivesse fincado meus pés em alguma cidade, eu gostaria de ter alguém. Acho que o tempo ao lado de uma pessoa vai tirando as camadas, vai chegando mais fundo. Eu gostaria de conhecer alguém assim, bem no íntimo.

— Poxa, Nino, acho que eu nunca vou te decifrar. Sempre que eu acho que estou começando a te compreender, você fala alguma coisa que me deixa novamente na estaca zero.

Nino riu. Claro que, para ele, saber-se indecifrável era um elogio. Carlos e Nino eram pessoas completamente diferentes. Para Nino, regras e protocolos existiam apenas para que ele mostrasse o quanto a vida poderia ser selvagem, indomável. Um rio que sempre corre para o mar. Se tentassem represar Nino, ele iria transbordar e inevitavelmente voltar ao oceano. Já Carlos era a organização em si. Tudo compartimentado, tudo organizado, não havia espaço para incertezas, nem para o improviso. Suas roupas eram organizadas por cores no armário. Seu carro estava sempre limpo. Sentimentos que não fizessem sentido eram medicados. Carlos se tornava minúsculo ao lado de Nino.

— O que te incomoda no Carlos? É esse o nome dele, certo?

— O que mais me incomoda? Acho que o jeito com que ele se acomodou. Tudo que diz respeito a nossa vida juntos, sejam as compras, a educação do Bento, uma conversa no jantar ou uma viagem de fim de semana, tudo deve ser responsabilidade minha, partir da minha iniciativa, como se só eu fosse responsável pela manutenção do nosso casamento.

— Então o que mais te incomoda é o jeito como ele te olha?

— Acho que sim. Talvez seja isso: ele me olha como se eu fosse secretária dele.

— E você nunca pediu demissão?

— Pedi, e vim parar aqui.

— Isso não foi demissão. Isso foi fuga. Demissão é ficar ali, ao lado dele, mas dizer que o cargo de secretária você não ocupa mais.

Não era tão simples, mesmo que ele tivesse alguma razão.

— Não quero mais ficar falando do meu casamento.

— Claro. Quer mais café?

Nino se levantou para nos servir.

— Vamos aproveitar que o café está acabando. Você também não trouxe cápsulas, certo?

— Eu nem sabia que tinha que trazer cápsulas.

Ele riu.

— Não tem que trazer cápsulas…
— Você não trouxe por quê?
— Gosto de chá. E de onde eu vim não tinha cápsulas.
— Onde você estava antes?
— No Congo.
— E que tal o Congo?
Nino ficou com seus olhos me perfurando.
— Você tem plantão esta noite?
— Não.
— Posso te ver?
Claro! Sempre! Hoje, amanhã, todos os dias da minha vida. Passe na minha barraca, durma comigo. No dia seguinte, pegue minha mão e me conduza pela vida. Me mostre a África, que não é África e sim diferentes povos. Fale para mim sobre cada um deles, me diga o que aprendeu com suas culturas, o que viveu, o quanto esses povos são fortes, permanentes. O quanto te ensinaram sobre a vida. Me ensine você sobre a vida, pois eu nunca soube muita coisa, e agora o que eu sei é que quero estar sempre com sua mão na minha.

Passei o dia em contagem regressiva. Nunca o barulho dos grilos anunciando a noite foi tão adorável. Queria esperá-lo com uma roupa mais bonita que jeans e camiseta, mas havia dado tudo a Rosie. Até meu perfume eu havia dado. Lembrei dos tecidos que havia comprado no mercado em Juba. Peguei um deles e o coloquei sobre a cama. Entendi por que os africanos eram tão coloridos. Meu quarto espartano se transformou com um simples tecido. Eu já não tinha pressa. Sentei sobre a cama e, ouvindo os grilos, aguardei Nino.

Ouvi seu curto assobio do lado de fora e fui abrir a barraca. Ele entrou e meu quarto se tornou uma extensão de seu corpo. Tudo era Nino. Nos beijamos, demoradamente. Ele tinha acabado de tomar banho, sua pele estava fresca. Seu hálito cheirava a pasta de dente e ele havia feito a barba. Eu queria morar naquele beijo.

— Nino? — sussurrei.
— Oi.

Tanta coisa eu queria dizer, mas não vinha ao caso. Era apenas nossa segunda noite e eu queria derramar sobre ele palavras de amor. Juras, promessas, desabafos.

— Não pare de me beijar — foi tudo o que eu disse.

Ele me colocou sobre a cama e se ajoelhou na minha frente. Analisou meus dedos, o formato do meu pé, beijou meu tornozelo. Depois, tirou minha calça com a calcinha e colocou minhas pernas sobre seus ombros. E ali ficou, sem pressa. Eu me agarrei no tecido colorido sobre a cama, me contorcendo, tentando ser o mais silenciosa possível. Mais uma vez, me perdi de mim, e desejei, desesperadamente, que o tempo estancasse ali.

Esse foi o sentimento que mais me acompanhou ao lado de Nino: a inutilidade do amanhã. Nino, as mulheres que atendi, a urgência da vida na África — eles me ensinaram que a vida é o aqui e agora.

Acordamos um pouco antes do amanhecer, molhados de suor na barraca abafada. Nino ficou fazendo carinho em mim, e nós falamos sobre o Congo. Ele me contou que, no século XVIII, o rei da Bélgica, Leopold II, tomou o Congo como uma propriedade particular, de onde ele extraía marfim, borracha e ouro. Ele havia escravizado as tribos, e quem não aceitasse era assassinado. Os chefes de tribos que não conseguissem repassar as cotas de marfim impostas viam sua população dizimada. O monarca escravizou toda a população do Congo, e qualquer tipo de contrariedade era resolvido amputando a mão ou os pés dos congoleses. Muitas crianças foram amputadas.

— Existem milhares de registros fotográficos disso, imagens terríveis. Tem a foto de um pai olhando para um pé e uma mão de sua filha amputados. Nunca esqueci essa imagem. Leopold foi tão brutal que assassinou metade da população do Congo na época.

— Que horror — eu disse enquanto acariciava seu cabelo.

— A colonização é cheia de horrores.

— Conheço pouco da história da África, da colonização. Eu achava a do Brasil horrível, mas pelo jeito aqui foi ainda pior.

— O Congo, sem dúvida, teve uma das colonizações mais terríveis.

Eu quis mudar de assunto. Nino com certeza conhecia muitos outros horrores, mas eu não queria ouvir mais nada sobre aquilo.

— Quer um chocolate?

— Você tem chocolate?

— Cheguei aqui com uma mala enorme, ótima para passar vergonha, mas pelo menos trouxe bastante chocolate.

Fui até a sacola onde guardava meus tesouros e mostrei a Nino.

— Escolhe.

— Você não trouxe cápsulas de café, mas chocolate... Quanto! Olha, tem Suflair! Como isso me lembra o Brasil!

— Qual foi a última vez que foi para lá?

— Faz três anos. E da última vez nem fui para Salvador. Fiquei só em São Paulo, dando treinamento e trabalhando na estruturação de uma nova campanha em Ruanda.

— Você não sente saudade?
— Do Brasil? Saudade, não. Mas é o meu país, minha referência, mesmo que eu fique muito tempo sem ir para lá. Esse Suflair, parece que estou em casa. Minha mãe trazia um desse quando vinha do supermercado.
— Eu costumava comprar no farol, de ambulantes, quando estava voltando para casa de um parto.
— Não conheço bem Belo Horizonte.
— Nem eu Salvador. Então, se acabasse hoje o programa aqui, você não iria para o Brasil?
— Possivelmente não. Iria para algum outro país, certamente daqui da África.

Fiquei em silêncio comendo meu chocolate. Nino tirou o braço de trás de minha cabeça e se levantou.
— Está amanhecendo. Vou me arrumar que hoje começo bem cedo. E você?
— Também.

Me enrolei no tecido colorido e fui com Nino até a saída da barraca. Enquanto nos beijávamos, eu me controlava para não fazer as contas de quantos meses ainda tinha ao seu lado.

Os dias que sucederam o atentado a Lankien foram de muitos rumores da descontinuidade dos MSF no Sudão do Sul. Eu me sentia com uma corda no pescoço. Tinha acabado de encontrar Nino e não me sentia apta a viver sem ele, então, a cada notícia dessa, meu coração apertava.

Eu havia sido escalada para fazer os plantões noturnos e por vários dias vi Nino apenas no café da manhã, eu indo dormir e ele indo atender. Não me sentava ao seu lado para não dar o que falar, mas sempre dava um jeito de pelo menos conversarmos um pouco. Um dia, enquanto nos servíamos de mingau no fogão, ele disse que estava com saudade. Eu queria responder que a palavra *saudade* não dava conta da falta que ele me fazia, mas, em vez disso, disse que daria um jeito de a gente se ver.

Como ainda tinha uma semana de plantão noturno pela frente, resolvi recorrer a Amelie. Fui atrás dela na unidade de atendimento e a encontrei no meio de um parto. A mãe, de cócoras, já estava em fase de expulsão, e a parteira estava ajoelhada ao seu lado. Dava para ver o cabelo do bebê.

— Primeiro filho. Andou duas horas para chegar aqui.

— Alguma complicação?

— Não, só está cansada mesmo. Acho que está há mais de trinta horas tendo contrações.

— Amelie, tenho uma reunião por vídeo hoje com minha família. É muito importante que eu esteja presente. Você poderia ficar no meu plantão até eu me liberar?

Amelie bufou aquele típico enfado francês. Eu sabia que ela estava cansada. Todos estávamos. Mas ela cedeu.

— Tá bom. Mas no dia seguinte você cobre minhas horas para eu dormir mais.

— Claro! — Qualquer coisa para estar com Nino.

Fiquei um pouco mais para ver se o bebê teria alguma dificuldade para sair, mas ele nasceu sem nenhuma complicação. Queria encontrar logo Nino, dizer que poderia vê-lo naquela noite, mas achei melhor esperar até a hora do almoço e procurá-lo no refeitório.

Ao meio-dia em ponto eu já estava sentada em uma das mesas aguardando que ele aparecesse. Os plantonistas são sempre os primeiros a comer. Esperei Nino até uma e meia, inventando assunto com todos os colaboradores que se sentaram ao meu lado, mas, como ele não aparecia, resolvi procurá-lo na unidade de atendimento, assim eu poderia voltar para a barraca e dormir um pouco mais. Procurei Nino por toda parte e não o encontrei. Nem ele, nem Tina.

Minha cabeça dizia que eu deveria ir dormir, que eu encontraria Nino mais tarde. Mas meu corpo foi atrás de Nino. Um lobo atrás de seu cheiro. Não sabia qual era a barraca da eslovena, então andei aleatoriamente entre elas. Até ouvi-los. Não foi uma surpresa, meu corpo só estava atrás da confirmação, atrás dos sentimentos que emergiriam dali, como se precisasse saciar a abstinência de Nino, a sensação de ser aniquilada por ele, mesmo que fosse pela dor.

Fiquei em pé, ao lado, o suficiente para sentir a boca amargar e as pernas se esvaírem. Quando a respiração ficou curta a ponto de eu perder o ar, me virei e saí andando. Não sei para onde, não sei como. Só acordei de noite, com ele passando a mão em minha cabeça. Estava caída do lado de fora do *compound*. Estavam todos atrás de mim. E, de novo, voltei para uma unidade de atendimento. De novo, Karim, o médico argelino, cuidou de mim. Recebi novas visitas do psicólogo e de dirigentes do MSF. Queriam saber se eu fora atacada. Precisavam avaliar meu estado mental antes de me mandarem de volta ao Brasil.

Eu não entendia por que tanta comoção. Só havia tido um apagão, mas estava pronta para voltar a trabalhar. Se quisessem, podiam até estender meus dias ali. Eu enfrentaria a estação chuvosa. Qualquer coisa. Só não me mandassem para longe de Nino.

Karim me liberou do leito na manhã seguinte, mas mandou que eu esperasse na barraca até o psicólogo voltar para me ver. O psicólogo era um argentino de vinte e poucos anos com uma visão um tanto romântica do mundo. Nino passou um pouco antes que ele na barraca.

— Como você está?

Doía olhar para Nino, pensar que ele havia estado havia tão pouco tempo com Tina e que eu estava presa a ele de forma tão brutal. Mas a dor maior era saber que queriam me mandar para longe dele.

— Estou bem. Não entendo por que tanta preocupação comigo.

— O que aconteceu com você? Por que você desmaiou?

Eu não podia de jeito nenhum olhar Nino nos olhos.

— Não sei. O calor, talvez. Não sei...

Ele pegou minha mão e eu, num ímpeto, puxei-a de volta. Nino inclinou a cabeça, me olhando com ar pensativo.

— Querem me mandar de volta para o Brasil... — contei, com raiva.

— Eles precisam de você aqui como heroína, não como mais uma pessoa que necessita de ajuda. Aqui, estrangeiro tem que ser herói.

— Você é sempre muito crítico à organização. Não sei por que trabalha há tantos anos para eles. Tem alguma coisa errada aí, alguma coisa que você tem que resolver dentro de si.

Eu precisava ferir Nino. Queria que ele sofresse como eu sofria. Queria ver o brilho dos seus olhos, uma vez que fosse, esmorecer. Queria que soubesse o desespero que era estar apaixonada por ele. Nino tornou a inclinar a cabeça. Entendeu que minha raiva era dele. Percebeu, na minha tentativa tola de feri-lo, tudo o que tinha acontecido. Levantou da cama e disse, firme:

— Se você não quer ir embora, vai ter que mostrar que tem estrutura para estar aqui. Eles vão te dar mais uma chance, mas não pode mais desabar por aí.

Nino me dava dois recados. Que não haveria espaço para eu fazer cobranças e que eu teria que aceitá-lo do jeito que era se quisesse estar ao lado dele. Engoli a seco. Ele se despediu friamente e eu fiquei ali deitada, me sentindo um lixo. Ainda tentei me convencer de que os papéis estavam invertidos. Era ele que havia me traído, deitado comigo e depois com Tina. Era ele que deveria se sentir culpado, me pedir desculpas, dizer que queria ficar comigo e que aquilo tinha sido apenas um deslize. Mas não. Ele veio até minha barraca e disse que o deslize tinha sido meu. A culpa tinha sido minha. Era eu que estava estragando a nossa relação ao desabar por aí com o coração machucado.

Eu tentava encaixar as peças desse quebra-cabeça desconhecido quando o argentino entrou em minha barraca. Ele disse que havia conversado com os dirigentes em Juba e que falaram muito sobre os dias em que eu ficara atendendo no hospital depois do ataque.

— Essa Mariana ainda está aí?

Nino tinha razão. Eram todos ridículos e presunçosos. E, assim como ele, eu deveria estar além disso.

— Está. Claro que está. Eu não quero ir embora. O que aconteceu foi um apagão. Não dormi direito de noite, comi alguma coisa que me fez mal. Somou com o calor de ontem, não sei, acho que minha pressão caiu. Mas não estou precisando de acompanhamento psicológico. Estou ciente de toda a pressão que é estar aqui, mas quero continuar ajudando da maneira que posso essas pessoas tão necessitadas.

Ele me olhou com ar compreensivo. Esse era o manual para chegar a um bom entendimento: afirmar nossa soberania como grupo. Eu, Mariana, que desmaiava de ciúme, era superior à mãe que ninava complacente seu bebê morto. Eu, a soberana e bem nutrida Mariana, que até pouco tempo vivia entupida de remédios para poder suportar as decepções da vida, precisava ajudar aquela mulher a enfrentar a sua.

O psicólogo ficou falando sobre o trabalho dos MSF. Falou de outros países em guerra por onde passara, discursou sobre sua trajetória humanitária. Tudo para dizer que sabia que era difícil, mas que não podíamos desistir de ajudar o próximo.

A vaidade é uma névoa sobre os olhos. Nino era o único que conseguia enxergar além dela. Mas pelo menos a névoa servia para convencer o psicólogo de que eu estava apta a continuar no Sudão do Sul, ao lado de Nino.

No dia seguinte, pude retornar aos atendimentos. Evitei o refeitório nos horários em que sabia que encontraria Nino. Mesmo me dizendo que ele é que deveria se desculpar por se portar como um garanhão, a verdade é que eu estava envergonhada do meu desmaio. Envergonhada de sofrer de ciúme, de mostrar tão explicitamente que o queria só para mim. Foram dias difíceis. Sem Nino, vivendo de chocolates e plantões intermináveis. Eu precisava compensar Amelie dos dias em que não trabalhara, e, por mais que me esforçasse, ela parecia cada vez mais indisposta comigo. Minha sensação era a de que ela já estava cansada; sua missão já estava quase terminando e seu reservatório de vitalidade tinha esgotado antes de sua partida.

Estava descansado em minha barraca de mais um plantão noturno quando o rádio tocou. Amelie estava me chamando para ajudá-la em um parto. "Só o braço do feto está pra fora." Eu tinha a dimensão de quanto isso era perigoso, então me arrumei o mais rápido que pude.

Ao chegar à maternidade, vi a equipe em volta da mãe. A anestesista já estava lá, e, como não vi ninguém apavorado, imaginei que o bebê já estivesse morto. Amelie veio falar comigo:

— Ela chegou há pouco tempo. Andou seis horas com o braço do bebê preso na vagina. — Amelie não estava bem. Não tinha mais estofo para lidar com aquele tipo de situação.

— O bebê está morto?

— Sim, chegou morto.

— Você já tentou virá-lo?

Amelie fez que sim.

— Ela está com pouca dilatação.

Situações como aquela significam que o bebê está em posição transversal no útero. É impossível ele ser expelido assim, então teríamos que virá-lo ou fazer uma cesárea, o que evitaríamos ao máximo: além de o bebê já estar morto, as condições para uma cirurgia eram adversas, e essa mãe talvez não tivesse acesso a outra operação em uma gravidez futura. Não era uma decisão fácil, e entendi que Amelie não queria tomá-la sozinha.

Calcei as luvas e, depois de me apresentar à mãe, prostrada na cama, fui examiná-la. Amelie tinha razão. Ela não estava com mais do que quatro centímetros de dilatação; seria muito difícil conseguir colocar o braço para dentro e virar o bebê, mesmo se aplicássemos uma injeção para relaxar o útero. Olhei para Amelie, e concordamos com uma troca de olhares que a cesárea seria inevitável. Ela sussurrou, de onde estava:

— Você faz para mim?

Eu disse que sim. Amelie precisava mesmo ir embora. Avisei a equipe de que iríamos transferir a mulher para o centro cirúrgico e, pegando em sua mão, pedi que a intérprete explicasse que teríamos que fazer a cirurgia para tirar o feto. Ela respondeu que tudo bem, e que estava muito cansada. Havia caminhado seis horas com o braço de seu bebê entre as pernas, sob o sol inclemente do Sudão do Sul. Eu não tinha dúvida de que ela estava exausta. Pedi ao intérprete para dizer que a operação tinha risco de sangramento, infeção e dor. Fazia parte de nosso protocolo alertar nossos pacientes verbalmente de todos os riscos, mesmo depois de terem assinado os termos de consentimento. A mulher olhou fundo nos meus olhos.

— Pode trazer a dor. Com ela eu sei lidar.

Sim, sem dúvida: com a dor, ela sabia lidar. Meus olhos ficaram mareados.

Enquanto a levavam ao centro cirúrgico, fui colocar a roupa de operação. Não seria uma cesárea fácil; é muito complicado tirar um bebê transverso. No caminho para a mesa de operação, me concentrando para o que vinha pela frente, dei de cara com Nino. Ele estava sujo de sangue, o cabelo desgrenhado, os olhos selvagens brilhando.

— Mariana!

Minhas pernas balançaram. Mil borboletas voaram na barriga. Fiquei toda atrapalhada colocando as luvas.

— Não te vi mais. Tenho sentido falta de você.

Eu não sabia o que dizer.

— Uma paciente está com um braço pendurado entre as pernas há horas. O bebê já está morto, preciso ir.
— Vai lá.
— Você está sujo de sangue.
— Eu sei. É... nada não, deixa. Boa sorte na operação!
— Nino disse, saindo.
Na minha falta de jeito, deixei uma das luvas cair. Nino voltou para pegar.
— Deixa que eu jogo fora.
— Eu também sinto sua falta — admiti, com os olhos no chão, enquanto o via partir.

Nino era uma convulsão; nada em mim ficava organizado depois de trombar com ele. Mas havia a pobre mãe com seu feto atravessado me aguardando. Recolhi as partes de mim que ele havia bagunçado e, respirando fundo, pedi forças para retirar o bebê sem maiores dificuldades.

Quando cheguei à mesa de operação, a mãe já estava anestesiada. Era tão magra que não foi difícil alcançar seu útero. Tive dificuldade para colocar o braço do bebê de volta, mas depois de algumas tentativas consegui, podendo enfim retirá-lo. Era um menino grande, com traços que indicavam que tinha síndrome de Down. Costurei a mãe cuidadosamente, para que ficasse com a menor cicatriz possível, e pensei que ao menos ela já tinha outros filhos.

Depois de examinar o bebê, a pediatra perguntou se a mãe queria vê-lo. Ela estendeu os braços magros em direção à criança e a envolveu por alguns minutos, devolvendo-a em seguida. A pediatra disse que o levaria até o pai, para que também se despedisse dele. A mãe nada disse, apenas virou a cabeça para o lado e adormeceu. Foram seis horas andando com seu bebê transverso. Pedi à equipe que ninguém a acordasse, que a deixassem dormir o máximo possível.

Amelie apareceu em seguida:

— Eu vi o bebê. Era um menino.

— Sim, era sim.

— Não conseguimos salvá-lo.

— Ele chegou morto aqui, Amelie. Não havia nada que pudéssemos fazer

Amelie ficou olhando a mãe dormindo, perdida em seus pensamentos. Eu sabia que precisava resgatá-la:

— Vamos, Amelie? Ela vai descansar agora.

— Não sei como conseguem... como sobrevivem a isso...

— Nunca saberemos, Amelie. Nós viemos de mundos muito diferentes.

Eu queria poder reconfortá-la com as palavras certas, assim como Nino sabia fazer, mas não tinha as certezas dele. Também ficava assombrada com a constância daquelas mulheres.

— Vamos — insisti, por fim, puxando Amelie pela mão até a maternidade, onde pedi a Rosie que ficasse atenta a ela.

— Vou tomar um banho. Se achar que ela precisa descansar, me avise que eu volto em seguida.

Estava saindo do chuveiro e voltando para minha barraca quando Nino apareceu.

— Posso entrar?

— Pode, claro.

Entrei na frente e comecei a recolher as coisas que estavam jogadas.

— Não precisa arrumar por minha causa.

— Eu sei. Estou arrumando por mim mesma.

Nino se apoiou na mesinha.

— Como foi a operação?
— Sem grandes complicações.
— Que bom!
— Acho que o bebê era Down, pelo menos o rosto parecia. É mais comum em fetos com síndrome de Down ficarem nessa posição.
— Entendi. Achei que estava de folga, que não era seu plantão.
— Não era mesmo. Amelie que pediu minha ajuda.
— Por que você sumiu, Mariana?
Porque eu te amo, Nino, e não sei o que fazer com tanto amor.
— Estava cuidando de mim.
— E conseguiu?
— O quê?
— Cuidar de você?
Parei de dobrar a calça que havia pegado do chão e pela primeira vez encarei Nino. Ele queria saber se a ferida havia fechado. Eu mesma não sabia, mas, encarando Nino, parecia que aquilo pouco importava. Meu corpo tinha desespero por ser imobilizada por seus braços.
— Eu não quero que você sofra.
Sim. Mas também não quer deixar de ver Tina. Entendi que a decisão era só minha; só eu poderia ceder.
— Posso voltar a te procurar?
— Não sei, Nino.
Ele desencostou da mesinha e foi até a porta.
— Me avisa quando souber. Eu espero.
Vi Nino sair e quase morri. Deitei na cama me açoitando. Nino estava na minha barraca e, em vez de me atirar sobre ele, de acalmar minha loucura, eu tinha dito que não sabia

se queria continuar a vê-lo. Eu estava no Sudão do Sul, o lugar do aqui e agora, e me despediria de Nino assim que deixasse a África

Joguei no chão tudo que havia organizado em cima da cama e deitei, mais uma vez tendo a presença de Nino em contraponto com os olhos de uma mulher sul-sudanesa. A mãe de hoje havia dito: pode trazer a dor; com ela eu sei lidar. Eu não tinha dúvida disso. Eu teria que escolher com qual dor lidar: a de vê-lo com Tina ou a de nunca mais tê-lo. A segunda opção me parecia a mais terrível.

Dormi até a hora do almoço. Estava indo almoçar quando vi Nino saindo do refeitório. Ele estava sozinho e, antes que chegasse à unidade de atendimento, eu o chamei. Ele sorriu ao meu ver. Seu sorriso era tão cheio de contentamento que parecia que eu era a única pessoa do mundo para ele.

— Eu pensei, Nino. Daqui a pouco vou embora, daqui a pouco vamos embora. Eu não quero deixar de te ver até lá.

Nino me puxou para um canto e me abraçou. Estávamos sob o sol do meio-dia no Sudão do Sul, nossos corpos pelando em um abraço. Nino beijou meu rosto em todos os cantos, um adolescente apaixonado. Dois adolescentes apaixonados: quando Nino me tomava daquela forma, eu tinha certeza de que, para ele, eu era a única.

De noite, ele bateu na minha porta. Não tínhamos combinado, mas eu o aguardava. Havia me preparado para esgarçar ao máximo aquelas horas, memorizar seu peso, arranhar sua pele, imprimir meu desejo para as horas que ele estivesse longe de mim. Nino também queria de mim mais do que já havia dado. Nos atropelamos. Criamos marcas em nosso corpos, consagramos nosso desejo.

Quando acordei, Nino tinha partido. Eu sentia meu corpo arrebatado. Cantos doíam, ardiam, e deles vinha a sensação de que o mundo era meu. Asas cresciam em meus ombros, tudo estava ao meu alcance. Acolhi a ilusão de que, qualquer que fosse a explosão, o tamanho da bomba, eu sairia ilesa.

No café da manhã, agradeci as coisas ordinárias da vida. Um bom-dia, um chá, um mingau. Uma sala de atendimento. A cesárea do dia anterior e o casal que me aguardava. Eu tinha que aprender possíveis retornos depois de cada vez que Nino e eu nos aniquilávamos.

Já estava na enfermaria, conversando com o pai e a mãe do feto transverso, explicando a eles que teriam que usar algum método anticoncepcional por pelo menos dois anos para que o corpo dela se restabelecesse da cirurgia, quando Amelie apareceu. Ficou de lado ouvindo nossa conversa, até pedir à intérprete que perguntasse à mulher como ela se sentia.

Olhei para Amelie. Não era uma pergunta apropriada. A mulher respondeu apenas que queria voltar para casa.

— Não foi essa a minha pergunta — Amelie disse. Ela ia pedir à intérprete que fizesse outra pergunta, mas eu a puxei para um canto e a conduzi até a sala de medicamentos, onde teríamos privacidade.

— O que foi, Amelie?

— Eu quero saber se ela vai acordar no meio da noite pensando que andou por horas com o braço do seu filho... quero saber como ela processa isso... acordei várias vezes esta noite pensando nela...

Amelie deixou escapar um choro nervoso. Coloquei a mão em seu ombro, mas ela me rechaçou.

— Amelie, ela não falou nada sobre a morte do bebê, nem sobre sua chegada aqui ou ao menos se queixou sobre a dor da cesárea. A gente nunca vai saber o que ela sente sobre isso, o quanto vai ficar marcada. A verdade é que ela só quer voltar para casa e cuidar dos seus sete filhos.

Amelie ficou quieta, os olhos cheios de água.

— É a urgência da vida — eu disse.

— O que é a urgência da vida? — Nino apareceu de repente, sem nem bater na porta. Alegre, brincalhão. Não havia nenhuma ponte que pudesse ligar a dor de Amelie à explosão que era a presença de Nino.

— O que está fazendo aqui? — ela disse.

— Desculpe! Momento errado? — Ele olhou para mim.

Amelie fez uma pausa e encarou nós dois:

— Você também frequenta a cama dele?

Nino e eu nos entreolhamos.

— Nós estávamos falando sobre a paciente que eu operei ontem — apontei, desconcertada.

— É ela a sua nova amante, não tenho mais dúvida.

Amelie, que até então tentava conter a enxurrada de dor que a atravessava, acabou se desfazendo em um choro forte e, sem mais uma palavra, saiu da sala. Fiquei pensando no quanto seu desespero se chamava Nino e no quanto se chamava cansaço. Mas não iria me ocupar com isso.

— Quando ela vai embora? — Nino me perguntou.

— Daqui a um mês mais ou menos.

— Ela precisa ir para casa.

— Eu sei.

Nino já vira essa cena, eu não tinha dúvida. Ao longo de tanto tempo nos MSF, ele já devia ter visto muitos colaboradores em seu limite.

— Vim te convidar para ver uma apresentação de dança no PoC. De uma família que está há um tempo por aqui. É uma dança tradicional da tribo deles. Fazem todo ano.

— Que horas?

— Agora.

Eu ainda tinha que visitar uns pacientes, mas decidi que o faria mais tarde. Antes de sairmos da sala, segurei Nino pela mão e o beijei longamente. Ele foi até a porta.

— Essa deve ser a única sala com chave de todo o *compound*.

Nino com certeza sabia do que estava falando; conhecia todas as salas, devia ter transado em cada uma delas. Revi na mente o choro de Amelie. Qual seria a participação de Nino em sua dor? E o que importava? O barulho da chave girando abria em mim o ansiado precipício chamado Nino. Ele se aproximou, me pegou pela cintura e me colocou sobre a mesa. Beijou meu pescoço, meus ombros, minha orelha. Tirei minha blusa e ele me deitou sobre a mesa como se não estivéssemos na sala de medicamentos de um *compound* no Sudão do Sul, como se Amelie não tivesse chorado minutos antes, como se não fôssemos mandados embora ao sermos descobertos.

Nem sei quanto tempo ficamos ali. Eu me lavei com a água que ficava no pequeno balde; ele apenas colocou a roupa.

— Vamos para a dança? — perguntei.

— Olha, acho que a dança acabou sendo aqui. Mas nós podemos tentar pegar o finzinho da outra apresentação.

Eu ri.

— Tudo bem, vamos assim mesmo.

Caminhamos pelo PoC. Era a primeira vez que eu passava pelas vielas ao seu lado. Ele conhecia muita gente, era uma celebridade. Sabia histórias de muitos moradores, misturas de tragédias e superação, que, contadas por Nino, pareciam encantadas. Como falávamos em português, ninguém podia nos entender, então conversávamos livremente.

— As primeiras tentativas de dominarem esta região foram em vão. Falam muito das dificuldades geográficas, das doenças que matavam os estrangeiros, mas a verdade é que as tribos daqui sempre foram indomáveis. Até a tentativa dos europeus de comercializar o marfim, aqui, foi frustrada. As tribos pouco ligavam para os produtos que os europeus traziam. Não é à toa que esse é o único país que conseguiu refazer as fronteiras impostas pelos colonizadores. Nem as tentativas de converter as tribos ao islamismo nem os missionários cristãos tiveram sucesso. O Sudão do Sul tem mais de sessenta grupos étnicos, e a maioria deles segue sua própria religião. São animistas. Sabe o que é?

— Talvez, mas me explica.

— Para eles não tem separação entre mundo espiritual e material. Tudo tem alma. Animais, pedras, plantas. E é isso que eles cultuam.

— Entendi.

Nino apontou para a ala em que moravam as pessoas mais necessitadas do PoC. Eram neurs.

— Aquelas famílias chegaram há menos de um ano. Estavam tão desnutridos que não conseguimos salvar todos. Fiquei muito abalado, acompanhei a morte de toda uma família, um a um. Eles tinham sido atingidos pelas enchentes da estação chuvosa e perderam toda a colheita, a casa, os pertences. Andaram três semanas até chegar aqui. Além da guerra, ainda tem isso, as questões climáticas.

Eu sou contra esse olhar de miséria para este país, mas é um lugar em que a sobrevivência é frágil.

— Eu vejo apenas pobreza — declarei, com sinceridade.

— Claro, você conhece basicamente isto aqui. E Juba, mas num momento horrível. O país é muito mais que isso.

— Juba é diferente, claro, mas ainda assim é muito pobre. Não existe nem energia elétrica nas casas!

— Morei em 2011 em Juba. O país não era tão pobre. Foi quando o governo decidiu parar a produção de petróleo, a principal receita do país, que a situação piorou muito.

— Mas por que pararam?

— O Sudão do Sul tem o petróleo, e o Sudão, a infraestrutura para comercializar. Os oleodutos, refinarias e portos do mar Vermelho... Quando era um único país, o lucro ficava todo em Cartum. Quando o sul ficou independente, o Sudão quis cobrir esse prejuízo impondo altas taxas para cada barril vendido. Aí começou uma nova briga. Logo depois da independência, ficaram mais de ano sem extrair petróleo por conta disso. Os países chegaram por fim a um acordo, mas até hoje não está bem resolvido, e o que deveria trazer lucro está financiando essa guerra civil. O petróleo é a única receita do governo, então a economia do país voltou a ser basicamente de subsistência.

Chegamos ao descampado na beira do rio e a apresentação ainda estava acontecendo. O sol estava se pondo, havia muitas pessoas assistindo com suas roupas coloridas. O cenário em volta, alaranjado pelo pôr do sol, passava uma atmosfera de sonho. O outro lado do Sudão do Sul do qual Nino sempre falava estava ali, a um passo da miséria. Naquele momento, aquelas pessoas não eram apenas um povo sofrido e fugido de guerras; eram pessoas celebrando a vida com suas cores, seus cantos, suas danças.

A vida tinha dois aspectos, sempre. E Nino era o feiticeiro que conseguia fazer brotar o contraponto das tristezas. Eu precisava dele me conduzindo pela vida. Que me importava Tina, ou até mesmo Amelie? Que me importava Carlos? Com Nino, o mundo se travestia de momentos inesquecíveis.

Ficamos ali até o começo da noite. Um menino, que só depois percebi que era o mesmo que abraçara Nino no dia de nossa chegada, veio correndo quando o viu e ficou o tempo todo ao nosso lado. Nino o apresentou como Deng-Deng. Ele devia ter uns seis anos, mas era incerto dizer. Mesmo com tanto histórico de desnutrição, as crianças eram muito altas, principalmente as dinkas, e muitas vezes aparentavam ser mais velhas do que deveriam ser. Seus olhos eram extremamente grandes, os cílios compridos, o que lhe dava certa doçura. Para mim, Deng-Deng era apenas mais uma criança do PoC, com os pés descalços e uma camiseta surrada de time de futebol que havia sido descartada por uma criança de algum lugar no mundo e havia chegado ao Sudão do Sul através de uma ONG. Mas, para Nino, Deng-Deng não era apenas um garoto do PoC; dava para perceber a intimidade deles enquanto conversavam em inglês e em uma língua que eu desconhecia. Deng-Deng falava muito, e, quando começava a rir, Nino o chacoalhava para que risse ainda mais.

Quando Deng-Deng saiu para pegar uma bola velha com outras crianças, perguntei a Nino quem ele era.

— Meu melhor amigo do Sudão do Sul! — Nino respondeu, de forma carinhosa. Senti ciúme. Minha sensação era a de que eu não tinha espaço entre eles; só me era concedido ficar ali ao lado, uma espectadora de suas risadas.

Deng-Deng voltou com a bola, mas Nino não estava animado para jogar. O menino insistiu tanto que Nino acabou derrubando-o no chão e os dois ficaram brincando de luta. De repente, sem nenhum aviso, Deng-Deng olhou para o céu, deu um abraço em Nino e saiu correndo em direção ao PoC.

— É, está tarde. — Nino olhou também para o céu e finalmente para mim. — Vamos voltar também?

A maioria das pessoas já tinha partido, e a aura mágica instaurada pelo pôr do sol havia sido substituída pelos assombros da noite.

— Vamos. Nino, no dia da minha chegada aqui, eu te vi sendo abraçado por um menino. Você chorava, e ele que te reconfortava. Aquele menino era Deng-Deng?

— Você estava lá?

— Foi meu primeiro dia. Jules estava me mostrando o PoC.

— Difícil eu me descontrolar daquele jeito. Até pedi uns dias de descanso depois.

— Mas era Deng-Deng?

— Sim. A menina que morreu, era irmã dele.

— Que triste.

— Sim. Minha obrigação de médico era salvar aquele homem. Mas às vezes o certo é a pior coisa a fazer. Eu a conhecia, não aguentei vê-la morrer.

— De onde os conhece?

— Conheço a família deles desde minha primeira vez em Bentiu. Vamos agora?

Nino pegou minha mão — o escuro nos fazia essa concessão — e nós saímos andando. Eu queria entender melhor sua relação com aquele garoto, mas percebi que ele queria encerrar o assunto. Nos despedimos atrás de uma barraca. Nino faria plantão naquela noite e já iria jantar. Eu voltei à unidade de atendimento para visitar as pacientes que ficaram faltando.

Logo que entrei, percebi que o leito da mãe do bebê transverso estava vazio. Estranhei. Queria saber o que tinha acontecido, imaginei que Amelie houvesse dado alta para ela. O certo era que ela ficasse ao menos mais vinte e quatro horas conosco, mas talvez Amelie não tivesse conseguido dizer não ao seu único apelo: *quero voltar para casa*. Não tive coragem de ir atrás dela para saber o que tinha acontecido; minha alegria era muito contrastante com seus olhos marejados.

Deixei anotada a medicação noturna das pacientes e fui para minha barraca. Jantaria chocolate, mais uma vez. Não queria passar pelo refeitório e correr o risco de afastar a sensação de levitar ao ver Nino com Tina ou ter de encarar o sofrimento de Amelie.

O calor ainda estava insuportável quando cheguei à barraca, então tomei um banho de caneca para me refrescar. Liguei o computador para ver meus e-mails; fazia tempo que não os lia. Havia um de Carlos. Um e-mail diferente. Sem cobranças nem acusações. Dizia apenas que estava com saudade. E que esperava que estivesse tudo bem. Acho que era a primeira vez que ele falava comigo sem cinismo em anos.

———

Lembro dos dias que se seguiram como um período em que meu coração estava sereno. Falava com Bento todas as manhãs, depois passava o dia atendendo e em algumas noites encontrava Nino. Evitava lugares onde pudesse vê-lo com Tina, e dessa forma conseguia não pensar que o dividia com ela. A situação do país continuava complicada, e a cada dia chegavam mais deslocados internos ao PoC. Nino às vezes transparecia certa preocupação, mas nunca deixava de me mostrar o lado positivo das coisas. Passei a vê-lo com Deng-Deng com mais frequência, e a cada dia ficava mais evidente sua adoração pelo menino.

A reunião com todos os colaboradores acontecia mensalmente, mas eu ainda não havia participado, pois desde minha chegada elas coincidiram com as duas vezes em que estivera fora do *compound*, na primeira atendendo na vila atacada e na segunda em Juba. A reunião ocorria no refeitório, com as cadeiras dispostas em círculo para que todos coubessem lá dentro. O foco do encontro seriam os novos conflitos do país e a vulnerabilidade de nosso trabalho.

Como cheguei mais cedo, ainda havia muitos lugares livres. Nino já estava lá, tomando café com outros colaboradores. Sentei em um lugar de onde poderia vê-lo de frente e fiquei aguardando. Nino sentou do lado oposto ao meu, e, quando nossos olhares se cruzaram, ele me cumprimentou com um sorriso.

Fazia um dia que não o via; nossos horários tinham se descruzado e ele não batera em minha barraca de noite, a despeito de minha espera. Eu já sabia lidar com aquela ansiedade. Do contrário, se me descontrolasse mais uma vez, corria o risco de ser mandada embora e perdê-lo para sempre. Um sorriso como aquele, sobreposto a tudo que já havia vivido ao seu lado, passou a ser o suficiente. Ao menos era o que eu pensava até ver Tina entrando e indo sentar ao lado de Nino. Eles conversaram baixo, de lado, até começar a reunião.

Karim apresentava os focos dos últimos ataques, mas eu só conseguia me lembrar dos gemidos que ouvira na vez que tive o apagão. Eu conhecia os barulhos de Nino e Tina, conhecia a intimidade deles, e recordar isso me enojava. Acho que o nojo foi a semente do meu descontrole. Fiquei imóvel por toda a fala de Karim e do pessoal de logística, que discursaram em seguida.

Quando terminaram, foi anunciada uma pausa para o chá. Todos se levantaram, menos eu. Fiquei sentada até ver que Nino havia voltado a seu lugar e que Tina ainda se distraía comendo biscoitos e conversando com sua equipe de enfermeiras. Levantei, atravessei o círculo formado pelas cadeiras sob o olhar de quem quisesse ver e sentei ao lado de Nino, no lugar de Tina. Sentei calada, sem nenhuma palavra, nenhum disfarce.

Nino se virou para mim, ainda à espera de que eu dissesse algo. Eu nem sequer me virei para ele. Tina, ao se deparar comigo em seu lugar, ficou indignada. Uma bela cena em meio a uma reunião de humanitários. Tina falava comigo, mas eu fingia não a ouvir. Ela então cobrou de Nino que fizesse algo. Nino era o maestro da vida, nada o abalava. Ele apenas mostrou a ela que o outro lugar ao seu lado estava vago. Tina ainda titubeou, mas seu sangue de guerreira *viking* a fez agir, e, assim que a apresentação recomeçou, ela sentou na outra cadeira. E ficamos assim, vendo a palestra em silêncio, enquanto Nino, entre suas amantes, inflamado pelo próprio brilho, toda hora fazia perguntas e contribuições ao que era dito. Para todos ali, não existia dúvida: Nino sempre seria o personagem principal.

A reunião se aproximava do final. Meu medo, e certamente o de Tina, a *viking*, era saber quem levaria o prêmio para casa. Para a barraca, no caso. Mas Nino era muito esperto, sabia a medida das coisas, e sabia que um movimento errado poderia gerar muita dor de cabeça. Então, assim que acabou, ele saiu do círculo, pegou uma das mesas do refeitório e a trouxe para dentro. Começou ele mesmo a reorganizar espaço, e algumas pessoas começaram a ajudá-lo. Tina foi embora. Eu também. Seguimos por caminhos diferentes; não havia motivo para nos confrontarmos.

Cheguei a minha barraca e dormi assim que me deitei. Nesse dia não esperaria por Nino, não depois do meu show. Dormi rápido — a exaustão era melhor que qualquer remédio. Para minha surpresa, acordei com Nino sentado ao meu lado. Havia esquecido de trancar a porta e ele entrou e fez carinho em meu cabelo, me acordando.

— Estou em um sonho? — perguntei.

— Nós somos do mesmo mundo, Mariana! Aquela cena, aquele descontrole de você pegar o lugar de Tina... Me fez pensar que nós somos realmente do mesmo lugar. Do Brasil, claro, mas não é isso. Viemos do mesmo mundo! Não conheço nenhuma outra mulher que faria aquele papelão. — ele disse, rindo. E se jogou sobre mim. — Eu achei lindo. — E me beijou.

Ah, Nino, nem sei como consegui sobreviver sem você. Tudo que você tocava inflamava. Você transportava seu brilho para as coisas do mundo.

Dormimos juntos e na manhã seguinte pedi a ele uma sugestão de lugar para ir durante o *break*. Não queria passar uma semana longe dele, mas era o único intervalo que eu teria durante a missão, e, depois da cena do dia anterior, estava certa de que me faria bem respirar novos ares. A maioria dos colaboradores viajava para conhecer os parques mais famosos do continente, como o Krueger, na África do Sul, mas eu não sabia exatamente o que fazer e queria a opinião de Nino. Ele disse que iria pensar.

Dois dias depois, eu estava almoçando quando ele entrou no refeitório e sentou ao meu lado.

— Consegui cinco dias de folga. Se quiser, podemos viajar juntos...

Eu não acreditei no que ouvia. Cinco dias com Nino todo para mim?

— Para onde nós vamos?

— Você tem o sorriso mais lindo do mundo quando está feliz!

Eu queria abraçá-lo, mas me contive. Ele olhou o relógio e se levantou da mesa.

— Nós vamos visitar uns amigos meus, mas vai ser tudo surpresa. Tenho que ir agora; estou em atendimento.

Comecei a contar os minutos para a nossa viagem, e, mesmo com minhas perguntas, ele manteve em segredo o nosso destino. Na noite anterior à partida, Nino chegou à minha barraca. Eu estava separando as roupas. Seria uma mala módica, ou melhor, uma mochila módica. Nino espiou por cima tudo que eu tinha separado, revirou um pouco e riu.

— Estou levando pouca coisa? Depois de tanto tempo sem tirar o jeans e a camiseta, parece que não preciso de muito...

Nino jogou tudo no chão, me derrubou em cima das roupas e começou a me beijar.

— Se você levasse tanta coisa, pelo menos dava para transar em cima. E essa calça que você nunca tira? Posso ver se sai do corpo?

Suas mãos, seu jeito de sussurrar no meu ouvido, eu virava líquido quando ele se deitava sobre mim. Quando acabávamos, eu precisava recolher tudo que havia se espalhado ao redor, voltar a confinar minha existência dentro do meu corpo.

Nino faria plantão aquela noite, mas, antes de sair, me deu algumas orientações:

— Você vai levar o mínimo possível. Uma calça, cinco calcinhas, três camisetas e um casaco. Em Juba nós vamos comprar mais uma mochila e nela vamos colocar basicamente água. Nós vamos poder ficar com meus amigos o tempo que tivermos água para beber.

— Eles não têm água?

— Se nós bebermos a água deles, morreremos. São gerações preparadas para aquelas bactérias.

No dia seguinte, pegamos o voo para Juba. Fomos o foco do *compound* na manhã da nossa partida. Nino estava acostumado com isso, nunca se importara com o que os outros pudessem falar dele. Eu, por um tempo, tive pudores de mostrar que era sua nova amante. Nova, não única. No entanto, depois do dia em que disputara com Tina o lugar ao lado de Nino na frente de toda a equipe, perdi qualquer discrição. Ainda mais porque, cada vez que ele estava ao meu lado, eu me sentia vitoriosa naquela disputa.

Mais uma vez fiz o trajeto para a pista de pouso perto do PoC. Pouco restava daquela mulher conturbada que chegara havia mais de três meses, fugindo de si mesma. Agora eu olhava para a estrada de terra emoldurada pelo mato verde brilhando na primeira luz do dia e sentia que aquele brilho era meu. Nino estava ao meu lado, e a força de sua presença me transpassava, fazendo de mim algo tão poderoso quanto ele.

No aeroporto de Juba, James, um amigo de Nino, nos aguardava. Os dois me contaram que haviam morado juntos em Juba. Foi na época em que Nino tinha terminado sua primeira missão no Sudão do Sul, mas não queria voltar para o Brasil. James o pegou no hotel para levar ao aeroporto e Nino disse que não queria ir embora, que queria conhecer mais o país. James não só o convidou para se hospedar em sua casa como se dispôs a viajar pelo país com Nino, caso ele pagasse a viagem. Foi assim que Nino fez amizade com a tribo que estávamos indo visitar.

— Terakeka fica a quatro horas daqui — James me disse. Vou primeiro levar vocês para comer alguma coisa no restaurante de um primo meu. Do lado tem uma loja em que vocês vão achar a mochila que estão procurando.

Nino e James não paravam de falar. Nino contou como estava Bentiu. James falou bastante sobre o futebol do país. Queria vê-lo disputando uma Copa do Mundo. O craque do time era seu xará, e ele havia ficado emocionado ao ouvir mais de vinte mil pessoas gritando seu nome no estádio em um amistoso contra Uganda.

Pegamos a estrada no começo da tarde. Nino olhava pela janela e eu via seus olhos pelo retrovisor. Ele olhava para longe enquanto James me contava sobre a primeira vez que levara Nino para ver os mundaris. Nino cuidara de uma infecção nas costas do chefe da tribo, e ficou muito amigo deles depois disso. Eles perguntavam por Nino toda vez que James passava por lá. Acabei dormindo no sacolejo da estrada de terra, que parecia nunca acabar.

Quando acordei, estávamos dentro do território mundari. Olhei pela janela e achei que tinha me deslocado no tempo. Homens e mulheres, cobertos de cinzas, flutuavam entre fumaça e vacas. O barulho era enorme. Vacas, cabras, crianças, cantos e dialeto. O cheiro era muito forte. Nino e James aguardavam do lado de fora do carro. Um grupo de homens armados se aproximou. Uma poeira cinza cobria seus corpos, e eles se moviam de forma magistral. No centro do grupo, um homem usava uma pele de leopardo no quadril. Devia ser o chefe. Todos tinham escarificações no rosto, cabelos laranja e os olhos extremamente vermelhos. Logo pensei que devia ser por conta de toda aquela fumaça que os envolvia.

O encontro de Nino com eles foi afetuoso. Se abraçaram e o da pele de leopardo passou a mão sobre a cabeça de Nino, analisando seu cabelo. Nino apontou para mim, no banco de trás do carro. Só o chefe me olhou, depois acenou para Nino com a cabeça e saíram andando. Nino abriu a porta do carro.

— Bem-vinda, princesa. Você foi aceita no reino deles!

Ele pegou em minha mão, me ajudando a descer do carro. Nos despedimos de James, que viria nos buscar dali a três dias. Pegamos nossas mochilas e adentramos cada vez mais a fumaça e as vacas. Era fim de tarde, a mesma luz rosa de Bentiu depositava sua beleza sobre a paisagem, e minha sensação era a de que estava sendo remetida ao começo do mundo. Tudo parecia etéreo à nossa volta. Principalmente as pessoas, que nada tinham da moldura civilizatória à qual estava habituada.

Nino flutuava entre eles. O selvagem Nino. Ele caminhava sem dizer nada, mas segurava minha mão.

As vacas eram tão magistrais quanto o grupo de homens que nos recebeu. Enfeitadas e com chifres enormes, eram escovadas com as mesmas cinzas que todos tinham sobre seus corpos. Nos ofereceram um copo de leite. Esperei Nino aceitar para depois imitá-lo. Era um leite adocicado. Um deles, um homem com um enorme chifre nas mãos, nos conduziu a um canto onde havia uma barraca. No trajeto, vi diversos meninos remexendo os montes de terra de onde saía a fumaça. Nino me explicou que era esterco, e que as cinzas que passavam no corpo vinham dali.

— Essa barraca eu deixei aqui na primeira vez que vim. Eles guardam até hoje. Dizem que é minha casa mundari. — Nino me contou enquanto ajeitava os dois cobertores que James nos havia emprestado.

Arrumamos nossas coisas do lado de fora. Uns gravetos enterrados no chão serviram de armário para nossas mochilas. Tirei um chocolate da bolsa e ofereci a Nino. Ele pegou metade e sentou ao meu lado.

— O barulho daqui é muito diferente, não? Acho que o que mais me desloca do nosso mundo é o som deles. Tanto bicho junto, a fala deles. Uma vez ouvi uma frase que dizia algo como: o homem chegou à Lua mas levou a bíblia consigo. Essa frase sempre martelou em minha cabeça. A primeira vez que estive na Etiópia, visitei uma tribo no Vale Omo, os nyaganton. Eles são conhecidos por serem muito agressivos, mas só têm essa fama porque vivem em guerra com a tribo do outro lado do rio. Se um jovem quiser casar e não tiver vacas ou armas suficientes para comprar sua noiva, ele vai guerrear na tribo vizinha para roubar o que precisa. Muitas vezes as duas tribo se encontram na beira do rio, cada uma de seu lado da margem, e é o suficiente para começarem uma disputa.

"Um dia depois de mim, chegaram dois missionários dispostos a ajudar aquela tribo. Um deles me disse que havia estado lá no ano anterior e que tinha visto uma criança morrer por falta de atendimento adequado. Aquilo o marcou profundamente. Ele não achava certo que um povo vivesse esquecido do mundo no meio do nada, sem que ninguém olhasse por eles. Ele queria construir enfermarias e escolas, ensinar inglês para as crianças, queria que tivessem as mesmas oportunidades das crianças nascidas na Espanha ou nos Estados Unidos. Se não me engano, ele era espanhol. Seu companheiro falava muito na missão sagrada que tinha de ajudar o próximo. Por fim, decidiram que o mais importante era começar com a construção de um poço, para que a tribo não precisasse mais ir até a beira do rio e guerrear com os turukas. O poço seria o primeiro passo. Depois, voltariam com suas enfermarias e escolas.

"Acompanhei de perto as negociações para a construção do poço, que custaria doze mil dólares. Eles queriam que a tribo contribuísse, e para isso seria necessário venderem algumas vacas. Mas os anciãos rebatiam dizendo que precisariam primeiro ver a água brotar para depois verem se iriam contribuir. Os missionários não conseguiram fazê-los compreender que não era assim que funcionava, principalmente porque não havia garantia de que a construção do poço faria brotar água. As negociações tiveram que ser interrompidas porque eles não chegaram a um acordo.

"Os missionários ficaram mais uns dois dias por lá. Dançaram um pouco com eles, experimentaram sua comida, viram alguns animais selvagens e foram embora usando uma pulseira de miçangas feita pelas meninas da tribo.

Rezaram antes de partir, pedindo que seu Deus olhasse e abençoasse aquele povo esquecido.

"Era uma das minhas primeiras viagens por lugares remotos, meu primeiro contato com esses povos que vivem quase isolados, e acompanhar de perto a presença deles me marcou profundamente. Percebi que a maioria das pessoas que chegam nessas tribos nem sequer saiu de seus países de origem. Aqueles missionários olhavam para uma criança nyangaton pelada e coberta de terra querendo ver nela um pequeno espanhol de Madri. Eles achavam que sabiam do que aquele povo precisava. E, claro, achavam que uma tribo do Vale de Omo precisava das mesmas coisas que eles, eles que eram tão humanos que, enquanto o mundo fechava os olhos para aquela tribo, abandonando-a, eles tinham vindo em seu socorro.

"Socorro de quê? Quem pediu ajuda? Aquela tribo estava esquecida por quem, se nunca nem se preocuparam com o que ia além de seu território? Que afirmação é essa, dizer que o resto do mundo os havia abandonado? Aquele povo devia viver havia quase um milênio ali, daquela mesma forma, cuidando de seu rebanho e guerreando com os vizinhos. Guerreando, saqueando, cuidando de crianças com suas ervas, sem nunca pedir que ninguém fosse ali salvá-los de nada. Que ideia dessas pessoas! 'Vim salvar esse povo.' Estão cegos pela vaidade.

"Antes de partir, o outro missionário me disse com a voz calma e um sorriso sincero: 'Venho aqui prestar socorro a eles, mas minha maior gratificação é o bem-estar que isso me traz'. 'Arranje outra maneira de se sentir bem consigo mesmo', eu disse a ele. 'Talvez uma boa terapia possa te ajudar. Mas deixe este povo em paz.'"

Nunca tinha ouvido Nino falar com aquele tom de indignação. Ele geralmente contava de suas viagens, das pessoas que conhecera, e de suas histórias — por mais trágicas que fossem —, com leveza. Passava sempre a sensação de ser um mero espectador, alguém que pairava acima de tudo. Mas naquele dia, naquele fim de tarde, Nino me mostrou outro lado de si. Como se a cortina que encobria sua essência fosse aberta depois que ele soubesse que estava em um lugar seguro. E, claro, o selvagem Nino estava seguro ali, com os mundaris, entre os seus.

— O que os missionários não perceberam é que os turkanas, que moram do outro lado do rio, que há centenas de anos matam e são mortos pelos nyangaton, são eles que dão sentido à vida deles. Se um dia pararem de combater, se um dia alguma dessas tribos desaparecer, a vida da outra tribo vai perder sua força. Eles falam uns dos outros espumando de ódio, mas é como se falassem de um deus. Eu, na verdade, não consegui distinguir o quanto tem de ódio e o quanto tem de amor nisso. Um dos anciãos me disse que era suntuoso ter um inimigo tão forte do outro lado do rio. "Graças a eles não somos uma tribo de pastores." Como um humanitário entenderia isso? Os missionários acham que o importante é colocar um poço para que não briguem mais. Mas eles não entendem que, sem isso, esses homens vão ficar perdidos. Eles vão perder grande parte do sentido das suas existências. Da sua força, da sua alegria e ódio. Parte de tudo que os move.

Lembrei do dia em que fomos socorrer a vila atacada perto de Bentiu. Nino via o ataque com esses olhos, e era isso que queria que eu visse antes de sair de lá. Achei que fosse a força das mulheres que as fizera voltar ao trabalho logo depois do ataque. Mas tinha sido sua cultura, sua tradição, seu modo de estar no mundo.

Ia comentar isso quando ouvi tambores tocando. Olhei para Nino. Ele apontou umas vacas que vinham caminhando de longe. Na penumbra que começava a se formar, pareciam vultos brancos.

— Eles estão chamando as vacas que ainda não voltaram. E elas vêm, cada uma para seu dono. — Nino parou de falar e pegou em minha mão — Amanhã você vai conhecer o rio Nilo.

A noite estava se debruçando sobre nós. Eu sentia a respiração de Nino um pouco mais acelerada que o normal. Era possível ver o brilho dos seus olhos mesmo no escuro. Queria dizer o quanto estava presa a ele. Meu guia, meu carrasco. Mas tinha medo de estragar aquele momento, de afastar Nino de mim. Ele percebeu que eu queria dizer algo, então se virou e ficou me olhando:

— Vamos jantar alguma coisa? — perguntei.

— Vamos sim. Daqui a pouco eles trazem um pouco de iogurte para nós.

— Vai ser um spa lácteo?

— Você viu o corpo deles? Parece que dá certo, não?

Me aconcheguei no ombro de Nino.

— Para mim, o que dá certo é estar ao seu lado. Eu não conhecia isso, Nino, estar ao lado de alguém e não precisar de mais nada.

Eu o encarei apreensiva, certa de que ele fosse fugir de mim, se afastar daquele tipo de sentimentalismo. Mas Nino era Nino. Ele virou meu rosto e me olhou nos olhos. Beijou cada um deles e depois beijou minha boca longamente. Não disse que me amava, nem que eu era especial, mas me deitou em seu colo e fez uma trança desajeitada em meu cabelo, enquanto me apontava as estrelas que ele conhecia à medida que iam surgindo.

Acordei na manhã seguinte e Nino não estava na barraca. Tentei esticar o sono, mas o barulho era tão intenso que não consegui voltar a dormir. Vesti a roupa, tomei água, comi uma barra de chocolate e fui atrás de Nino em meio à fumaça, que parecia ainda mais intensa no início da manhã. Encontrei-o com a cabeça atrás de uma vaca, que urinava sobre ele. Quase vomitei, mas ainda bem que consegui me segurar. Nino nunca me perdoaria essa afronta aos costumes mundaris. Depois de ficar com a cabeça encharcada de urina, dois homens esfregaram cinzas sobre o cabelo de Nino. As cinzas de estrume. Nino se virou para mim com os olhos brilhantes, abençoado pela urina e pelas fezes das vacas sagradas, e quis me beijar. Eu me afastei.

— Que foi?

Apontei para seu cabelo úmido.

— Para que isso? Um rito de passagem?

— Não. É só para deixar o cabelo laranja, que nem o deles.

— Vai fazer escarificação no rosto também?

— Você faria em mim?

Olhei assustada para ele, que riu.

— Não, não gosto de sentir dor, mas à tarde vou lutar com alguns deles. O judô me permite derrubar esses garotos enormes e eles acham que eu sou algum tipo de herói... Quer leite? Nino perguntou, apontando para uma criança que bebia direto das tetas da cabra. — Tem de cabra e de vaca...

— Acabei de comer um chocolate.

— Mariana e seus chocolates. Vamos andar pelo Nilo? — ele perguntou, me estendendo a mão.

À nossa volta, o rebanho estava se dispersando, indo atrás de pastos para se alimentar. Crianças e homens armados os seguiam. Andamos na mesma direção.

— É bom ver coisas novas, não?

— Sim.

— Para essas tribos nilóticas, as vacas são sagradas e a vida é totalmente intrínseca a elas. Eles raramente comem sua carne, mas bebem seu leite e usam as cinzas de suas fezes como repelente e antisséptico. Elas são tratadas como membros da família. Os homens dormem ao lado de sua vaca predileta, à qual geralmente dão o seu próprio nome. Você vai ver que, quando voltam do pasto, as vacas vão sozinhas para suas casas.

E seguiu falando sobre os costumes mundaris.

— A guerra isolou os mundaris do resto do país. Eles não se aproximam das cidades. Nunca ninguém da tribo se aventurou por uma cidade. E, como não têm vocação para entrar nos conflitos do país, vão se isolando cada vez mais. Essas suas pulseiras dinkas, por exemplo. Se fosse em outra tribo, ver você com uma pulseira dessa seria motivo para sequestrá-la.

— É melhor tirar?

— Não... Como eu falei, eles não ligam para isso.

— Mas por que tantas armas?

— Para proteger o rebanho. Eles são capazes de qualquer coisa para proteger seu gado. É sua moeda, seu sustento, sua religião. Tudo na vida mundari é atravessado por essas vacas.

À nossa frente, o Nilo cortava a paisagem. Largo, calmo, imperioso. O rebanho atravessava a água com tranquilidade, certamente habituado a nadar de uma margem à outra.

— Vamos entrar?

— No Nilo? De roupa?
— Você prefere pelada?
— Óbvio que não. Mas não tenho muita roupa...
— Para que mais roupa? Nesse calor, ela vai secar rapidinho no corpo...

Sem se importar com minha indecisão, Nino me puxou para dentro do Nilo e ali permanecemos boa parte da manhã. Depois de todo o gado ter se dispersado, o único som que ouvíamos era das águas do rio correndo e de nossas vozes.

— Todas as notícias sobre a África são horríveis. Mas olha a gente aqui. Seus amigos, os mundaris, James feliz com seu time de futebol...

— Aqui é tão grande que cabem muitas histórias, mas o mundo só conhece os relatos da miséria e dos horrores. Ninguém conta histórias felizes sobre esses povos... Quando vim para minha primeira missão, meus conhecidos se despediram com pena, como se eu tivesse pegado uma doença fatal.

— Como você veio trabalhar nos Médicos Sem Fronteiras?

— Eu queria dar uma sumida. Meus pais tinham morrido fazia pouco tempo e eu estava cansado do dia a dia do hospital, do consultório, da vida social. Estava cansado de ter que estar disponível, ao alcance das pessoas, atendendo celular, convites, respondendo e mail. Precisava de um tempo. Minha primeira missão aqui foi por acaso. Logo percebi que estava no lugar certo. Não existe outro lugar no mundo em que seja permitido estar inacessível. Sem e-mail, sem celular, ficar fora do alcance...Só aqui, na África.

Fiquei em silêncio, observando a fluidez do Nilo. Eu também tinha ido para lá para ficar fora do alcance.

— Como seus pais morreram?

— Meu pai teve câncer. Eu tinha cuidado dele por quase um ano. Minha mãe morreu em um acidente de carro logo depois. Eles eram separados, nem se falavam. Mas morreram perto um do outro. Seus pais são vivos?

— Minha mãe só. Meu pai morreu há uns dez anos. Infarto. Você era próximo dos seus pais?

— Sim. Meu pai não era um tipo muito preparado para o mundo. Tímido, gostava de rock 'n' roll e de beber uísque no fim de semana. Durante a semana, fora o trabalho de técnico de som em um telejornal, eu nunca soube o que ele fazia. A gente mal se falava de segunda a quinta, mas na sexta ele estava na porta da escola me esperando. Ele me levava para um sítio de um amigo só para eu dirigir na estrada de terra. Com doze anos eu já sabia dirigir.

— E sua mãe?

— Minha mãe tocava piano em grupos de jazz e viajava quase todo fim de semana. Ela detestava rock, e eu achava que era por isso que eles tinham se separado. Foi minha mãe que me obrigou a fazer judô. Ela queria que eu gastasse toda a minha energia para chegar em casa quase dormindo e deixar ela estudar piano em paz. Fiz tanto judô que no começo da adolescência já estava competindo profissionalmente. Ia disputar as Olimpíadas de Barcelona, mas na primeira luta de classificação sofri uma torção no joelho, aí tive que abandonar a vida de judoca. Fiquei revoltado e completamente perdido. Não tinha a mínima ideia do que fazer da vida. Meus amigos já estavam entrando na faculdade e eu mal tinha ido à escola. Fiz três operações no joelho, e isso virou o único assunto na minha vida. De tanto pesquisar, conversar com os médicos e acompanhar as cirurgias, decidi que seria médico. Meu pai topou pagar um ano de cursinho, que viraram dois. Minha mãe, no dia da minha formatura, chorou bastante. Ela e meu pai conversaram e até dançaram uma música juntos.

— *Stand By Me*?

Nino me olhou e sorriu. Levantei a barra de sua bermuda e olhei com cuidado as cicatrizes no joelho. Já tinha reparado nelas, mas não havia imaginado que carregassem uma mudança tão grande no destino de Nino. Acariciei-as. Sem elas, talvez nunca o tivesse conhecido.

— Quando você comentou que lutava judô, eu não imaginava que tivesse sido quase um atleta olímpico.

— É por isso que eu consigo lutar com esses caras!

Continuei acariciando seus joelhos. Nino estava olhando para o rio, absorto.

— No que está pensando? — perguntei.

— Lugares como esse, tão remotos, tão desconectados do nosso mundo, tiram de mim as distrações da vida. Não penso em quase nada, apenas no que vejo, no que ouço, no que estou vivendo no momento. Acho que a humanidade se poluiu demais, se encheu de muita informação, e agora estão todos muito perdidos. Olha o tamanho deste rio, em histórias, civilizações, acontecimentos. E olha como corre para o mar, constante e impassível. O imponderável da vida. É ele que nos diz: não faça tantos planos; o presente é a única constância da vida.

— Nino, você tem algum sonho?

— Um desejo?

— Sim, um desejo.

— Quando eu era pequeno, sonhava ser piloto de avião. Meu maior desejo era poder ver o mundo de cima. Sobrevoar cidades de noite e saber que cada luzinha que eu via brilhando iluminava uma história diferente. E eu, de cima, do céu, seria a testemunha distante de tanta coisa acontecendo. Eu seria uma espécie de elo para todas aquelas histórias. Mas fui crescendo, veio o judô, veio a medicina e eu estava ali escrevendo minha própria história. Mais uma história iluminada por uma luz que algum piloto de avião veria do céu de noite. Acho que meu sonho, meu desejo, é um dia conseguir ver a vida dessa perspectiva. Como um elo de tantas coisas que borbulham ao mesmo tempo, tantas vidas, desejos, mortes e histórias. Conseguir ver uma unidade em tudo que nos cerca, em tudo que existe. Estou sendo muito metafísico?

Claro que estava, mas eu, de alguma forma, o compreendia, já que ele era a unidade do meu mundo. Mas havia um aperto, um sinal de que Nino seria breve em minha vida, e essa ausência de planos, de perspectiva, doía. Fechei os olhos e me concentrei no barulho do Nilo, no momento presente. Se eu não podia ter Nino para mim, que ao menos aprendesse a ver o mundo através de seus olhos.

Durante a tarde, passamos entre uma luta e outra. Nino, com uma pele de leopardo amarrada na cintura e o corpo coberto de cinzas, lutou com vários homens da tribo. O objetivo era derrubar um ao outro, e Nino não perdeu para ninguém. Sua alegria era tão grande, ele estava tão reluzente, que achei que não conseguiria voltar à vida cotidiana. Nino pertencia ao mundo dos mundaris. Ali era o seu lugar.

Depois de três dias, James veio nos pegar. Nino conversou longamente com o chefe antes de partir. Se entendiam por algumas palavras, gestos e desenhos no chão. James e eu aguardávamos no carro, e, assim que Nino entrou, partimos.

Ele ficou olhando pela janela o carro se afastar. Deixava ali seu hábitat. O lugar onde vivia em paz. Sem conflitos. Sua única luta entre os mundaris era corporal, uma brincadeira divertida. Agora ele retornaria à sociedade e teria que voltar a se domesticar para ter uma vida possível.

— Do que vocês falavam? — perguntou James quando pegamos a estrada.

Nino explicou que um grupo de pessoas, que ele imaginava serem europeus, ofereceu à tribo a construção de um poço artesiano. O chefe achava mais importante uma canoa, para se transportarem na época de cheia, mas Nino conseguiu convencê-lo de que ter acesso a uma água de melhor qualidade era mais importante.

— Mas você acha que eles devem aceitar esse tipo de assistencialismo? — perguntei, me lembrando da história dos missionários espanhóis que ele havia contado.

— Os mundaris que têm que dizer se querem ou não receber o que estão querendo dar a eles. Não sou contra ajudar. O que me incomoda é o modo de olhar. As pessoas que veem de fora, ou que veem fotos ou vídeos dessas tribos nos seus laptops ou na televisão, ficam impressionadas com tamanha pobreza. Só sabem dizer: como são pobres, como são carentes. Elas não entendem nada do que veem. Pergunte se os mundaris se acham pobres! Eles nem sabem o sentido dessa palavra. Não há tradução para o dialeto deles.

"Ouvi uma vez a história de um médico que atendia na Amazônia. Ele teve contato com uma tribo de índios que vivia com uma alimentação bem restrita. Não lembro bem o contexto, mas imagino que fosse como os mundaris, que se alimentam basicamente de leite. Bem, esse médico conseguiu mobilizar uma rede de apoio e começou a fornecer alimentos para a tribo. Essa relação durou tempo suficiente para que o médico começasse a refletir. E suas piores premonições aconteceram: ele sairia de lá e não havia mais como manter o auxílio à tribo. Mas aquele povo, depois de tanto tempo sendo alimentado por ele, já não sabia mais caçar, não tinha mais plantações, nem pescava mais. Existe uma grande diferença entre dar uma mão e acorrentar uma alma."

Existe uma grande diferença entre dar uma mão e acorrentar uma alma. Essa frase martelou na minha cabeça durante todo o trajeto de volta ao *compound*.

Em Juba, dormimos em um hotel; foi a primeira vez que eu dividi com Nino um colchão de casal com dois travesseiros e lençóis. Não estávamos mais em camas improvisadas, em lugares transitórios, mas em uma cama convencional, um lugar que, para mim, simbolizava o mundo real, e minha sensação era a de que enfim Nino me pertencia. Mas minha alegria era suprimida por aquela frase. *Existe uma grande diferença entre dar a mão e acorrentar uma alma.* Nino me resgatou de minha depressão, de meu descontentamento, mas, sem saber, me acorrentou à sua alegria, ao seu modo de ver a vida. Ao seu cheiro e ao seu beijo. Eu não podia me imaginar vivendo sem ele. Meu corpo berrava pela sua presença.

Consegui que ficássemos a manhã inteira naquela cama de casal, trocando carinhos e confidências. Eu me despedia dos dias em que tivera ele todo para mim. Quando fui tomar banho para partirmos, Nino desceu para fechar nossa conta no hotel. Aproveitei sua ausência e chorei. Chorei muito, sentada no chão do banheiro e atenta ao barulho da porta do quarto. Se Nino me visse assim, eu teria que explicar que estava, sim, com a alma acorrentada — e que ele havia se tornado a sustentação de minha vida.

Já era noite quando chegamos ao *compound* em Bentiu. Nino foi para o refeitório jantar. Eu disse que estava sem fome, que iria descansar para recomeçar a jornada no dia seguinte, mas a verdade é que não tinha estômago para entrar no refeitório e ver Nino cumprimentando Tina. Imagine se ele resolvesse sentar ao lado dela, com aquela naturalidade que ele dava a tudo que fazia, e me deixasse sozinha em um canto. Acho que eu desmaiaria. Mais um apagão em missão. Seria o meu fim em Bentiu. Seria minha despedida de Nino. Eu não estava disposta a perdê-lo.

Fui para minha barraca e, depois de seis dias desconectada, liguei meu celular e o computador. Na minha alegria de viajar com Nino, esquecera de avisar Bento de que me ausentaria naqueles dias. Havia algumas mensagens dele e um e-mail de Carlos. Nas primeiras mensagens, Bento estava preocupado com meu sumiço. Nas últimas, ele me acusava de egoísta. Carlos havia entrado em contato com os MSF e soubera que eu tinha saído de férias. Bento não se conformava que eu não o tivesse avisado, que simplesmente houvesse esquecido que tinha um filho.

Ele tinha razão. Depois que Nino disse que viajaríamos juntos, esqueci que tinha filho, que tinha marido, que o Brasil existia e que algum dia eu teria que voltar a encarar minha vida em Belo Horizonte. Não respondi a Bento. Não sabia o que dizer. Abri o e-mail de Carlos. Era o mesmo teor das mensagens de Bento. Carlos se aproveitava do filho para fazer as cobranças que ele mesmo não tinha coragem de fazer.

Somadas a isso, vinham suas análises psicológicas de minhas ações. Eu tinha que crescer, parar com a necessidade de chamar a atenção com atos desesperados. A cada fuga, a cada sumiço, eu apenas reafirmava minha carência primordial e minha necessidade de atenção. Eu deveria voltar ao Brasil, recomeçar um processo de análise — ele tinha um excelente profissional para me indicar — e estar com Bento, que precisava da mãe ao seu lado.

Até pouco tempo antes, um e-mail desse me encheria de raiva, de ódio. Eu ficaria indignada comigo mesma por estar com um homem tão frouxo, que não tinha coragem de assumir o próprio sentimento, de dizer: *volta, eu sinto sua falta*. E tudo isso maquiado por uma arrogância analítica insuportável. Mas dessa vez li sua escrita com calma. Consegui reler algumas vezes. E senti uma pena danada de Carlos. Faltava a ele coragem, verdade. Era uma boa pessoa, mas massacrada pela necessidade de se proteger do mundo.

Fiquei pensando. Acho que nunca ouvi Carlos dizer que faria algo porque queria. Sua vida inteira, todas as suas ações, eram atravessadas pelo discurso de que faria porque era o certo a fazer. Porque era o esperado, ou o mais ponderado, ou o melhor caminho. Carlos era um homem sufocado pelas convenções do mundo, e, como era muito inteligente, muito estudado, conseguia construir um discurso que mostrava a ele mesmo que tinha o domínio da vida e do mundo. Mas, pobre Carlos, acho que nunca nem soube reconhecer um desejo próprio.

Engraçado que eu tivesse me apaixonado por um homem como ele. Fiquei pensando quem era eu também, que Mariana era aquela que se apaixonou por Carlos, que Mariana era essa de agora, que desmaiava, que chorava compulsivamente em um banheiro de hotel porque sabia que sua alma estava acorrentada a um homem e que a última coisa que desejava na vida era ver essa corrente se romper.

Na manhã seguinte, voltei a fazer atendimentos. Amelie iria embora dali a três semanas, e a médica que iria substituí-la chegaria em seguida. A rotina no *compound* não tinha muita mudança, sempre exaustiva e corrida. Eu já conseguia atender e circular pelas unidades de atendimento de forma mecânica e eficiente. Depois de meses, me habituara às dores, costumes e necessidades da maioria das pessoas que viviam no abrigo. Evitava enxergá-los com base na minha cultura, e Nino tinha razão: isso me tornara uma profissional muito melhor. Nasceu muita Mariana naquelas semanas, e saber que isso era uma forma de agradecimento me deixava muito feliz. Acho que nunca tinha me sentido tão importante.

Durante o dia, entre um atendimento e outro, arranjava sempre uma desculpa para vagar pelo *compound* à procura de Nino. Quando não o encontrava, voltava para minha rotina. Tinha aprendido a administrar dentro de mim que Nino era meu e de Tina. Às vezes eu era a sua mulher, às vezes ela; não havia o que competir. Mas eu não suportaria surpreendê-los novamente, então apenas aguardava seu retorno me concentrando nos meus afazeres.

Amelie, como um abutre, sobrevoava toda a nossa movimentação, e tentava com seu veneno destruir nossa harmonia. Demorei muito, mas nas últimas semanas, antes de ela partir, entendi de onde vinha seu veneno. Não era inveja de mim com Nino. Nem de Tina. Era a raiva que sentia de Nino por não tê-la promovido a sua amante. Acho que os dois tiveram um caso, talvez uma única noite, mas sem continuidade. E ela se sentiu desprezada por Nino. Tive compaixão por Amelie. Eu conseguia viver dividindo Nino, mas talvez não sobrevivesse se ele me desprezasse. Sentia isso em minha pele, em meus ossos.

Depois de algumas semanas, em um dos meus plantões noturnos, soube por Rosie que Tina iria embora na manhã seguinte. Não pude conter um sorriso:

— Achei que fosse gostar mesmo da notícia — Rosie disse, com uma piscada de olho. Nós nunca tínhamos conversado sobre coisas íntimas, mas, fora Nino, Rosie foi a pessoa de quem fiquei mais próxima no Sudão do Sul.

Continuei os atendimentos pensando na partida de Tina. E, passada a alegria inicial, comecei a sentir certa angústia. Antes mesmo de acabar meu plantão, resolvi ir até sua barraca para me despedir. Tínhamos sido boas inimigas, boas concorrentes. Mesmo sem querer, mesmo sem nunca nos falarmos, havíamos dado suporte uma à outra naqueles dias de *compound*, Bentiu e Nino. Queria prestar minha homenagem a ela.

Quase dei de cara com Nino saindo de sua barraca, mas consegui me esconder a tempo. Fiquei ainda mais nervosa, mas reuni coragem para seguir adiante. Bati na porta de Tina e ela abriu sem demonstrar surpresa ao me ver. De perto era ainda mais alta e mais imperiosa. Que mulher. Dava para entender Nino. Sua barraca já estava vazia, apenas o computador estava aberto na mesa. Em cima da cama estava sua mochila, azul como seus olhos, sofisticada como ela.

Tirei uma pulseira do braço e lhe estendi.

— Vim te entregar isto. Uma vai ficar comigo, a outra eu quero que seja sua. Comprei em Juba, dois dias antes de perceber que minha vida nunca mais seria a mesma depois de Nino.

Ela pegou a pulseira e passou os dedos por suas miçangas.

— Você demorou para entender quem é Nino, mas deve ser porque é que nem ele, movida pela paixão.

— Como assim eu demorei para entender quem é Nino?
— Achou que o teria para si. Não entendeu que ele pertence ao mundo.

Sua frieza ao dizer essas palavras cortou minha pele, mas tentei me sustentar à sua altura. Ela tinha razão. Não adiantava dar uma de latina, discutir, espernear, dizer que não, que um dia ele seria meu. Tina se permitia ver Nino em sua medida, sem nenhuma fantasia. Eu não.

— Quero agradecer pela lealdade com que o dividiu comigo.
— Não me agradeça. Não tínhamos opção.
— Sim, mas você me ajudou a entender isso.

Ela colocou a pulseira no braço.

— Já é minha quarta missão com ele.
— Então vocês já têm uma história. Têm muito mais tempo juntos e convivência que eu — não consegui disfarçar meu ciúme.
— Talvez, mas não estou dizendo isso para criar mais uma disputa sobre Nino. Já disse, ele pertence ao mundo. Podemos disputá-lo o quanto quisermos, ele nunca será de ninguém. Mas, por conhecê-lo um pouco mais, posso estar certa do que vou te dizer. Nunca vi Nino gostar de uma mulher como gosta de você. Vocês foram feitos do mesmo barro. Carregam o mesmo tipo de luz. Se ele fosse, algum dia, pertencer a uma mulher, a companheira seria você. Mais isso não vai acontecer. Se você não conseguir se libertar de Nino, terá que ficar rodando em sua órbita, dividindo-o com todos os seus outros amores, mesmo que seja você o mais importante deles.

Comecei a chorar. Tina, do alto da sua montanha gelada, esperou que eu me acalmasse.

— Eu vou embora e Nino, para mim, ficará aqui, na África que ama. Mas me parece que você nunca vai conseguir se libertar dele.

Não consegui falar. Tina olhou o relógio e foi até sua mesa guardar o computador. Pegou a mochila, sua bolsa e, antes de sair, me lançou um olhar frio:

— Te desejo sorte, Mariana. Espero que, apesar de Nino, você consiga ser feliz.

Vi Tina partir com seu gelo. Despenquei em sua cama, no lençol que tinha o seu cheiro e o de Nino, o cheiro da noite que passaram juntos. Sabia que perdia ali minha melhor inimiga.

Estava deitada da mesma posição quando Rosie entrou na barraca.

— Imaginei que estivesse aqui… acho que seu rádio está sem bateria. Não consegui falar com você e vim te procurar. Você sumiu!

Eu me sentei, tentando me recompor, e peguei o rádio.

— Está mesmo…

Rosie sentou ao meu lado.

— Você não está feliz que ela foi embora?

— Não. Me pareceu o anúncio da partida de Nino, da minha vida sem ele.

Rosie ficou me olhando com seus grandes olhos negros. Colocou a mão sobre minha pulseira.

— Sabia que essa pulseira é dinka?

— Sim, Nino me falou.

— Sabia que, para nós, um homem pode ter várias mulheres?

— Você é dinka?

— Sim.

— Nunca soube...

— Pouca gente sabe. Meu nome verdadeiro é Amer, não Rosie. Cresci numa vila perto de Bor, meu pai tinha três mulheres. Não entendo por que criticam tanto Nino.

— Eu entendo. Sou brasileira. Nunca me imaginei dividindo alguém. Mas o que mais dói não é dividir Nino; é saber que logo mais eu nunca mais vou vê-lo.

Comecei a chorar e Rosie me envolveu com seus longos braços.

— Como é mesmo seu nome verdadeiro?

— Amer.

— Obrigada, Amer.

Ela sorriu e me abraçou com mais força.

— Por que mudou de nome?

— Quando consegui meu primeiro trabalho, assim que o país ficou independente, eu decidi que não seria dinka. Seria sul-sudanesa. Aí mudei de nome. Era minha forma de acabar com essa guerra. Pelo menos dentro de mim.

— As guerras que carregamos em nós são as piores.

— Talvez. Eu vi meu pai sendo assassinado, minha vila queimada e meu irmãozinho virando soldado. Na época, era o sul brigando com o norte, não tinha ainda esse conflito de nuers e dinkas. Não dessa forma. Todos lutavam juntos para se livrar de Cartum. No dia da independência, todas as tribos estavam comemorando. Foi muito lindo. Eu queria renascer, então decidi me livrar do ódio que sentia das guerrilhas do norte, que atacaram minha vila. Como se fosse uma premonição do que viria depois, essa guerra que está acabando com o país, decidi mudar de nome. Como disse você, não queria mais carregar guerra nenhuma dentro de mim.

— Não sei o que te dizer. Nem imaginava que havia passado por isso… Estamos trabalhando juntas há quase cinco meses… e nunca imaginei. Peço desculpas.

— Imagina. Como saber se eu nunca disse nada? E essa é minha história triste, mas eu tenho também uma história feliz.

Fiquei emocionada com a doçura dela ao dizer que tinha uma história feliz. Ela me abraçou com mais força.

— Minha mãe, eu e meus dois irmãos que se salvaram nos mudamos para outra vila mais ao sul, onde minha mãe tinha parentes. Lá perto havia uma ONG que lecionava para as crianças. Eu lembro do meu primeiro dia de aula: a sensação era a de que eu tinha achado a mim mesma. Eu não queria ser como minha mãe. Casar, ter filhos, plantar, colher, cuidar dos bichos, da casa, de tudo. E eu senti que ali estava a porta de saída. Estudei, aproveitei tudo que pude deles, e, quando chegou perto da idade em que eu teria que me casar, falei para minha mãe que iria morar em um assentamento perto de Juba. Eu soube que tinha um programa para capacitar obstetrizes lá. Era minha oportunidade. Então eu fui embora.

— Nunca mais viu sua família?

— Vi sim. Eu disse que essa era minha história feliz! Quando dava, eu ia até a vila vê-los. E meu irmão, depois de cinco anos lutando como criança soldado, fugiu. E, com a ajuda de um programa humanitário, conseguiu me achar. Eu o levei de volta para minha mãe. E logo depois veio a independência. A Praça da Liberdade cheia, todo mundo comemorando. Eu ia ganhar meu primeiro salário trabalhando em uma ONG. Fui muito feliz por quase dois anos. Até começar essa guerra.

— A pergunta que mais faço desde que cheguei é o motivo de tudo isso.

Rosie fez uma pausa, olhando para o nada. Fiquei pensando quais eram as imagens que ela carregava em sua memória.

— Você está ouvindo as crianças brincando? — ela me perguntou, por fim.

Da barraca de Tina também se ouvia a algazarra das crianças pela manhã.

— São crianças dinkas, nuers, azamdes, shilluks, todas brincando juntas. Ao menos em um PoC, todos são iguais. Sabia que dinkas e nuers são as tribos que têm o estilo de vida mais parecido? Um nuer é facilmente assimilado em uma tribo dinka. E vice-versa. Eu não sei te responder, Mariana, o porquê de tudo isso.

O rádio de Rosie tocou.

— Vamos? Temos que terminar nosso plantão...

Rosie, que era Amer, estendeu sua mão enorme. Olhei ainda uma vez para a barraca de Tina e, com a mão de Amer na minha, tive a sensação de que a vida se encarregaria de tudo, inclusive de mim.

———

Logo depois de Tina, chegou o dia de Amelie partir. Apesar de toda a nossa animosidade, fui me despedir. Pedi que avisasse se um dia fosse visitar o Brasil. Ela balançou a cabeça e disse que não era um destino que estava em seus planos.

— Não gosto de brasileiros.

Não me ofendi. Ela estava sendo sincera, e era compreensível que se sentisse assim.

— Você volta para a África? — ela perguntou.
— Não sei. Acho que não. E você?
— Não. Ao menos, não por agora. Preciso refazer algumas coisas dentro de mim.

Lembrei de seus olhos arregalados no dia em que atendemos a mãe com o braço do bebê de fora. Dava para ver que estava em choque. Eu sabia tudo o que a palavra "refazer" de Amelie continha. Eu também, quando fosse embora, teria que me refazer de muita coisa.

Quis pegar em sua mão, dizer que a compreendia, mas não havia espaço para isso.

— Todas nós teremos que nos refazer — eu disse, tentando ser o mais amável possível.

Ela se emocionou.

— Obrigada, Mariana. Sem você, eu não teria chegado ao fim da missão.

— Obrigada você. Fizemos bastante coisa juntas.

Enfim, vi Amelie sorrir para mim. Ela me estendeu a mão, sem afeto, mas cordial. Fiquei feliz, não precisávamos mais do que isso. Tínhamos uma história juntas, ajudamos muita gente, nos ajudamos. Ali morava nosso afeto.

Eu sabia que sentiria falta de Amelie, mas não imaginei que seria tanta. Meu dia a dia sem ela ficou enlouquecedor. A obstetra que viria substituí-la havia desistido de última hora, e demorou duas semanas para acharem alguém.

Nessas duas semanas, mal tive tempo de comer. Vi Nino poucas vezes, mas um dia não aguentei de saudade e resolvi aparecer de surpresa em sua barraca. Nunca havia feito isso, era sempre ele quem vinha até a minha. Cheguei receosa, imaginando que pudesse encontrar dezenas de mulheres sentadas ao pé de sua cama, com as quais ele revezava carícias. Fiquei um tempo quieta na frente da porta, tentando ouvir algo que denunciasse que ele estava com alguém. Como o único barulho era o dos grilos e o latido de algum cachorro, abri a porta. Nino estava sentado em sua mesa, debruçado sobre um caderno. Ele se assustou ao me ver.

— Não te ensinaram a bater na porta? Você me mata assim.

— Desculpe, fiquei tão nervosa que tive que entrar de supetão.

Mostrei a ele que minhas mãos tremiam. Ele se levantou e me abraçou.

— Aconteceu alguma coisa?

— Acho que é o cansaço, misturado ao medo de te encontrar com outra mulher aqui.

Nino me olhou de um jeito diferente. Beijou meus olhos.

— Quando vai chegar a nova obstetra? Você não pode ficar muito mais tempo trabalhando assim. O corpo não aguenta.

— Parece que ela chega no voo de quinta-feira.

— Que bom!

— O que estava fazendo? — perguntei, indo até a mesa. Havia um caderno aberto com coisas escritas, desenhos, colagens.

— É uma espécie de diário.

— Posso ver?

Ele assentiu com a cabeça, sem muita convicção.

— Só vou folhear um pouco.

Fiquei abismada com a composição de imagens, palavras e cores a cada página que virava. Olhei para Nino, em pé ao meu lado. Não era possível que eu fosse capaz de amá-lo ainda mais, talvez meu corpo não suportasse tanta devoção. Minhas mãos ainda tremiam. Ele percebeu o impacto do seu diário em mim. Ficou tocado. Era algo muito íntimo, um relato visual de tudo que passava por sua cabeça. Um revirado de tudo que ocorria no *backstage,* por trás do palco onde ele agia com sua força descomunal.

Nino foi até a mesa e fechou o caderno.

— Tenho vários deles. Nunca mostrei a ninguém. É onde organizo meus sentimentos, nessa vida sem raiz, sem uma casa para voltar. Esses cadernos são meu eixo.

Passei a mão sobre a capa preta do caderno fechado. Queria morar dentro daquelas páginas, existir naquele lar de Nino. Nunca sair de lá.

— Só volto a atender às seis. Posso dormir aqui com você?

Nino tirou as coisas que estavam em cima da cama e as colocou na mesa. Esticou o lençol e afofou o travesseiro.

— Coloca essa camisa. Lavei hoje.

Tirei a roupa e vesti sua camisa escura. Mais uma vez tive vontade de que o mundo parasse ali, naquele momento, naquele lugar. Eu vestida eternamente com a camisa de Nino.

Deitei em sua cama e ele sentou ao meu lado. Acariciou minha cabeça e eu apaguei em segundos. Lembro de ter acordado em algum momento e de vê-lo de volta à mesa, escrevendo em seu diário.

Na quinta-feira seguinte chegou por fim a nova obstetra. Chamava-se Carmen, era colombiana, tinha uma magreza assustadora e estava na terceira missão seguida, sem pausa. Eu estava realmente feliz em recebê-la, enfim teria mais tempo para ficar ao lado de Nino. Nossa missão estava chegando ao fim e nada me doía mais do que saber que em breve ficaria sem ele.

Fui mostrar a unidade de atendimento a Carmen. Ela observou tudo calada. Tinha bastante tempo no programa, mas nunca havia estado no Sudão do Sul. Tentei fazer um bom acolhimento, mas, quanto mais simpática eu tentava ser, mais ela endurecia.

Desde o princípio, Carmen foi uma pessoa que eu não consegui compreender. Depois de mostrar tudo, acompanhei-a até o refeitório e me despedi dizendo que esperava que o tempo de observação fosse curto, pois precisava logo de alguém para dividir os pacientes. Ela respondeu que não era uma novata, que não teria tempo de observação.

— Bem-vinda, então — eu disse ao sair.

Voltei para o atendimento pensando que não a havia visto sorrir uma única vez.

Apesar de seu jeito rude, Carmen era muito eficiente, e foi um alívio dividir o trabalho com ela. Em todo os momentos em que ficava livre eu procurava por Nino, e ele fazia o mesmo, me enchendo de gentilezas adoráveis, como no dia em que me esperou com um *fondue* de chocolate. Insisti que ele me contasse como conseguira algo tão inusitado, mas ele nunca me contou.

— Mágica, já disse! Você ama chocolate, era o mínimo que eu podia fazer...

Não falávamos sobre o fim da missão, mas nos consumíamos sabendo que nosso prazo estava expirando. Meu maior temor era ele ir embora antes de mim. O Sudão do Sul era um país exuberante para Nino, mas não para mim. Eu sentia cada vez mais falta da minha vida em Belo Horizonte. Falta de sentar em um restaurante, de tomar um banho de chuveiro, de ter um banheiro com privada. Mas trocaria tudo por mais dias ao seu lado. Ele iria direto de

Bentiu para outra missão. Não sabia ainda o país. Perguntei se não sentia falta do Brasil. Ele disse que, depois que os pais morreram, não havia mais motivo para retornar a Salvador, mas que, quando dava, ele passava uns dias no Rio Vermelho, na casa de um primo. Matava a saudade do caruru e do sorvete de tapioca.

Às vezes eu pensava em pedir para ir embora com ele, para qualquer lugar do mundo, mesmo que fosse Terakeka, viver entre os mundaris. Às vezes queria convidá-lo para ir para Belo Horizonte, apresentá-lo a Bento, aos lugares de que eu gostava. No meu sonho, alugaríamos um carro e iríamos até Salvador, tomaríamos o sorvete de tapioca e eu experimentaria o tal do caruru. Mas as palavras de Tina me traziam de volta para a realidade. *Nino pertence ao mundo, nunca será de uma mulher.*

O tempo que eu passava longe dele eu encarava como uma provação para poder desfrutar nossos últimos dias. Estava cansada de tantos meses ali, naquela rotina louca de trabalho. Havia emagrecido muito, meus dois jeans estavam enormes, e Nino teve que me emprestar um cinto.

Também estava tendo muita dificuldade na convivência com Carmen, mas, como sua presença havia permitido que eu tivesse mais tempo com Nino, eu evitava conflitos. Ela contestava tudo na nossa unidade de atendimento — a disposição das macas, os procedimentos com os recém-nascidos, o pós-operatório das cirurgias de fístula vaginal —, criando indisposição com toda a equipe. Para mim, ela era a gota-d'água em meu cansaço. Eu olhava para sua magreza, para seus olhos fundos, e pensava que, se não tivesse conhecido Nino, talvez estivesse amarga como ela ao fim da minha missão.

Um dia, ao chegar em meu plantão, Carmen havia mudado mais uma vez a medicação que eu prescrevera a uma paciente. Fez isso alegando à assistente que o remédio havia acabado. Fiquei indignada, mas, antes de fazer uma reclamação formal a Karim — já não suportava mais suas interferências —, resolvi ir até a sala de medicamentos conferir se ainda havia o tal do remédio. Pedi a chave à responsável, que afirmou que a sala estava aberta.

Caminhei cega de raiva. A porta estava entreaberta, mas eu estava tão irritada que a empurrei com toda a força, fazendo-a bater no armário de ferro e derrubando parte do estoque ali guardado. O barulho foi enorme, e eu ouvi um grito vindo de trás da mesa. Meu coração bateu forte. Senti que aquele grito vinha de dentro de mim. Percorri a mesa e vi Nino deitado sobre Carmen, tapando sua boca com as mãos. Carmen estava com os olhos assustados, arregalados. Nino não se virou para me ver. Sabia que era eu ali.

Eu me virei, sem chão, sem olhos, sem nada que pudesse me amparar. E saí andando. Saí da unidade de atendimento, saí do *compound*, saí de mim.

Eu havia suportado dividir Nino com Tina, mas enlouqueci ao flagrá-lo com Carmen. Não imaginava que vê-lo com outra mulher pudesse me rasgar daquela forma. Talvez, depois de tanto tempo sem dividi-lo, eu tivesse a ilusão de que o teria só para mim. Talvez. Mas podia ser porque achava Carmen abominável, uma pessoa seca em todos os sentidos. Não sorria, criticava tudo, era mesquinha e cheia de verdades. O oposto de Nino. Nunca imaginei que ele pudesse se juntar a ela. Era o tipo de pessoa que achei que ele repeliria como os dois polos negativos de um ímã. Na minha cabeça, não havia como Nino ter se encostado naquela mulher, manchado seu corpo com tanto amargor, se permitido correr o risco de que ela o contaminasse com sua pequenez.

    Minha dor era tão grande, tão insuportável, que eu precisava de algo que me salvasse. Achei que tivesse andado sem rumo, mas hoje vejo claramente que sabia muito bem para onde estava indo. Queria, mais que tudo, um alívio para aquela dor. Caminhei para dentro do mato. Adentrei o emaranhado de arbustos e árvores, devagar, passando a mão pelos troncos, sentindo os galhos arranharem minha pele. Queria saber se ainda estava viva, se ainda sentia algo, ou se tinha sido aniquilada pela visão de Nino e Carmen. Depois de um tempo, vi que não acharia o que estava procurando ao acaso. Então comecei a cantar. Músicas da minha infância, que me enraizassem em um momento de surto.

    Cantei alto e logo o encontrei. Ele apareceu por detrás de uma árvore. Vestia roupas militares e estava armado. Falou comigo mas não consegui compreender. Fingi ignorá-lo, e continuei andando e cantando. Ele veio até mim e segurou meu braço. Olhou minha pulseira, apontou para ela e falou algo mais. Tentei continuar andando, mas ele me puxou com força, me jogando no chão. Riu ao me ver caída e voltou a apontar para minha pulseira. Abaixou a calça e, depois de olhar para os lados, retirou a arma que estava presa ao corpo e a colocou em cima de um tronco. Aí arrancou meu jaleco e minha calça. Segurou meu queixo com uma mão, pressionando meu pescoço. Com a outra mão, abriu minha perna. Entrou em mim com muita força, socando com raiva. Minha vagina doía, e essa dor aplacava o desconsolo de minha alma. Chorei, enfim. Ele percebeu meu choro mudo, sem resistência. Afrouxou a mão de minha garganta, e eu pude virar a cabeça para o lado enquanto era brutalmente penetrada.

De repente, vi Nino surgir de trás de uma árvore. Exuberante. Ele parecia emoldurado por uma luz dourada e me olhava com amor. Movia-se de forma cautelosa e assertiva. Nino nunca soube o que era a dúvida, seu corpo não titubeava. O peito aberto parecia sempre pronto a encarar o mundo. A realeza com que se movia entre as árvores afirmava minha sensação de que tudo se movia ao seu redor.

Sorri para ele, para aquela miragem. Minha redenção, minha destruição. Os dois lados de uma mesma moeda. Ia, enfim, dizer que o amava; minhas últimas palavras para Nino, que me parecia cada vez mais próximo.

— Nino… — comecei a sussurrar quando, de repente, o homem foi arrancado brutalmente de cima de mim. Não era uma miragem. Era Nino. Ele apontou para a arma que estava em cima do tronco:

— Pegue ela!

O homem já estava se levantando e tentou pegar a arma antes de mim, mas Nino se jogou sobre ele e o segurou pelas pernas. Eu me agarrei a ela e fiquei parada atrás do tronco, estática. O homem pegou um pedaço de madeira que estava perto de onde tinha caído e se levantou. Ele era maior que Nino e, com a madeira na mão, parecia colossal. Nino olhou para mim:

— Foge!

Eu não conseguia me mover. Os dois começaram a lutar. Tive certeza de que Nino morreria. A cada batida da madeira em suas costas, a certeza aumentava. Eu abraçava a arma com força. Eu a usaria contra mim mesma depois que Nino morresse. Ele e eu, dois corpos na floresta, mortos.

O mato nos cobriria e os bichos viriam nos comer. E eu, enfim, compreenderia Nino, seu ser selvagem, e passaria a eternidade ao seu lado.

Fiquei encostada no tronco, divagando sobre o fim que me acorrentaria eternamente a Nino, quando o vi reagir às investidas do homem e conseguir imobilizá-lo. Os dois sangravam muito; eu não conseguia sair do meu delírio. O sangue escorria pela terra seca, e eu via Nino e eu mortos naquele chão, em decomposição. Para mim parecia uma poesia. Nino me mostrando o caminho para o selvagem à medida que nossos corpos se diluíam na terra encharcada de sangue.

Nino manteve o homem imobilizado até que desmaiasse, aí pegou o pau e, enfurecido, bateu algumas vezes nele depois que estava desacordado. Bateu até que sangrasse mais, até ver sair dele a mesma quantidade de sangue que saía de si mesmo. E, de repente, Nino se acalmou. Exausto, jogou o pau em cima do homem e pegou minha mão. Sem dizer nada, me puxou para longe da mata fechada.

Caminhamos em silêncio. A imagem de nossos corpos se decompondo ainda dançava sob meus olhos. Nino e eu já havíamos nos tornado uma massa disforme, e eu não conseguia mais definir o que era Nino e o que era Mariana. Éramos a mesma matéria decomposta, o mesmo barro, não tinha como dizer onde começava um e terminava o outro. Mortos, passaríamos a eternidade juntos.

Antes de entrarmos na parte descampada que cercava o *compound*, Nino parou e começou a cavar um buraco. Me ajoelhei ao seu lado para ajudá-lo. Cavamos muito além do necessário. Cavamos um buraco fundo, onde pudéssemos enterrar nossa dor. Aos poucos, fui saindo do meu delírio. A noite chegou e, por fim, Nino disse que precisávamos voltar. Ele estava muito machucado, eu também. Enterramos a arma e ele tornou a pegar minha mão.

Já estava tudo escuro quando chegamos ao *compound*, e ninguém nos viu chegar. Ficamos na barraca de Nino, que era a mais afastada. Ele estava muito ferido nas costas, certamente precisaria de pontos. Falei que ia pegar remédios, curativos, agulhas e linha. Ele ainda tentou me impedir, queria que eu me deitasse e ele fosse buscar, mas o fiz ver que suas costas ainda estavam sangrando muito, que não tinha como ele andar pelo *compound* daquele jeito.

Passei pelas pessoas na unidade de atendimento como se estivesse em plantão e entrei na sala de remédios, o mesmo lugar em que havia visto Nino com Carmen algumas horas antes. Na luz da sala, notei os machucados em minha mão de tanto cavar. Aquilo talvez nunca tivesse fim. Juntos, Nino e eu passaríamos a vida cavando.

Voltei à barraca. Ele estava deitado de lado na cama, virado para a parede. Coloquei a mão em seu ombro e ele se virou para mim. Por fim, trocamos as primeiras palavras.

— Vou costurar suas costas.

— Vai cuidar de você primeiro.

— Preciso limpar suas costas e costurar. Está feio.

— Não vou deixar enquanto não for cuidar de você.

— Tomei meus remédios vindo para cá...

— Vai se lavar...

— Você ainda está sagrando...

— Tome um banho primeiro, cuide de você!

Não havia como vencê-lo.

— Vou tomar banho então. Ainda preciso passar a medicação local. Toma aqui os seus remédios. Não achei anestésico local, mas, quando voltar, acho que o os comprimidos já terão começado a fazer efeito. Trouxe antibiótico também, toma.

Nino me encarou com os olhos pesados de dor. Lembrei da mãe que teve o bebê atravessado no útero dizendo que eu poderia trazer a dor, que com ela podia lidar. Nino talvez pudesse também, mas eu, eu sabia que não queria mais sofrer.

Fui até o banheiro, que já estava sem luz naquele horário. Me lavei com cuidado e em seguida apliquei os remédios que ministrava diariamente em minhas pacientes estupradas. Eu estava com os pés sujos de lama, agachada no banheiro escuro e cheio de mosquitos, seguindo o protocolo pós--estupro em minha vagina. Minha história havia por fim se entrelaçado à história das mulheres daquele lugar. E, como elas, eu não chorava. Meus gestos, olhar, sentimentos, estava tudo em suspense, fora de mim. Pela minha cabeça só passavam lampejos da imagem de Nino e eu jogados no mato em decomposição. Será que elas também viam a si próprias se decompondo enquanto olhavam para o mundo com seu olhar impassível?

Entrei na barraca de Nino pensando nisso. Ele dormia. Reparei que segurava com força o lençol, entendi que estava sentindo muita dor. Talvez tivesse machucado algum órgão durante a luta. Acordei-o

— Você ainda está com dor. Posso te apalpar?

— Pode, claro, mas acho que está tudo bem.

Apalpei todos os seus órgãos, e pareceu que não havia tido nenhuma lesão grave. Peguei a tesoura e cortei a camisa de Nino. Havia três grandes cortes que precisariam de pontos. Retirei de seus ferimentos os pedaços de mato e de terra. Ele sentia muita dor; seu rosto se contorcia cada vez que eu passava a gaze pelos ferimentos. Como eu não tinha achado a anestesia local, ele teria que aguentar até o remédio fazer efeito completamente. Peguei a agulha e a linha e, enquanto o costurava, me dei conta de que estava realizando o sonho de um dia cuidar de Nino. O enredo não podia estar mais distante do que eu sonhara, mas, como se fosse o acerto de uma dívida que eu tivesse comigo mesma, dei cada ponto como se fosse um rito. Quando acabei de costurá-lo, ele me puxou para sua frente e fez carinho em meu rosto. Seus olhos estavam marejados.

— Você está bem?

— Você me empresta aquela camisa preta da primeira vez que dormi aqui?

Nino me puxou para me abraçar, mas eu me esquivei, indo pegar a camisa, que estava pendurada na cadeira. Depois deitei ao seu lado.

— Mariana?

Foi a primeira vez que eu não quis ouvir o que ele tinha para me dizer.

— Não vamos falar nada. Quero descansar, Nino.

Ele se calou e me abraçou pelas costas. Dormimos grudados, e eu, apesar da vagina doendo, das mãos machucadas, do coração quebrado, ainda senti que os braços de Nino poderiam me proteger do mundo.

Seis horas depois, quando estava passando o efeito dos remédios, acordei com dor. Me virei para ver o estado de Nino, mas ele não estava na cama. Sentei assustada.

— Teve um pesadelo? — ele perguntou da mesa.

Ele estava sentado sobre seu caderno de colagens. Eu não quis responder que meu pesadelo era não tê-lo visto ao meu lado. Levantei e fui atrás do analgésico que estava sobre a mesa. Nino fechou o caderno quando me aproximei. Ele se levantou e me serviu de água.

— Está com dor? — perguntou.

— Sim, e você?

— Não, tomei agora os remédios e já fizeram efeito. Vamos sentar?

Ele me conduziu até a cama. Nos sentamos. Nino ficou um tempo em silêncio, observando os ferimentos da minha mão.

— Não quero te machucar, Mariana.

Eu não conseguia dizer nada. Havia algo enorme na minha garganta, e qualquer palavra que eu falasse iria abrir a comporta do choro armazenado. Repetia a mim mesma que agora eu era uma delas, uma sul-sudanesa, impassível, mas as lágrimas, desobedientes, abriam nos olhos pequenas fissuras e desciam silenciosas pelo meu rosto.

— Foi Deng-Deng que me avisou que você tinha ido para o mato. Ele a viu saindo do *compound* e a seguiu...

Pensei em dizer obrigada a Nino por ter tirado aquele homem de cima de mim, mas não sentia gratidão. Não podia agradecê-lo por ter me salvado, pois fora ele que me destruíra. Ficamos mais um longo tempo em silêncio, ele acariciando os ferimentos de minha mão.

— Qual sua relação com esse menino, o Deng-Deng? — perguntei, por fim.

— Ele pode ser meu filho.

Olhei para Nino, surpresa.

— Deng-Deng, seu filho?

— Sim.

— Ele sabe disso?

— Sim.

— E por que você não fica com ele?

— Como assim ficar com ele?
— Leva ele embora deste PoC!
— Aqui é o lugar dele, com a família dele.
— Onde está a mãe dele?
— Aqui.
— Você a vê?
— Pouco. Tivemos só um caso, na minha primeira vez aqui.
— Quantos anos ele tem?
— Se for mesmo meu filho, tem sete.
— A mãe dele, ela não te cobra nada?
— Eles não têm a relação que nós temos com a paternidade. Ela é a mãe e pronto. Pouco importa se ele é filho meu ou de outro homem com quem ela possa ter se relacionado.
— E para você, pouco importa?
— Eu adoro o menino, ele me adora. Eu quero sempre ajudá-lo no que for possível. Acho que essa relação que nós temos é muito mais importante que eu saber se sou ou não o pai biológico dele. Mas, sempre que dá, faço missão aqui em Bentiu para estar perto dele.

Pensei em Bento, em quanto havia me ausentado de sua convivência. O quanto tinha ficado distante dele desde que havia me apaixonado por Nino. Senti-me culpada. Não conseguiria viver a maternidade da mesma forma que Nino. *Adoro o menino, ele me adora*, e era isso que importava. Eu precisava reatar os laços com Bento. Ele era meu filho, eu sua mãe, precisávamos um do outro. Eu precisava estar bem, por ele também. Minhas lágrimas não cessavam. Nino enxugava algumas delas.

— Mariana, eu não sou muito bom com os sentimentos. É como se eu tivesse alguns Ninos dentro de mim. Geralmente eles convivem bem, mas tem momentos em que eles se chocam, aí fica confuso. Eu fico confuso. Mas eu queria te dizer uma coisa: quando te olho, é como se eu visse a mim mesmo. Estar ao seu lado me faz sentir mais perto de mim mesmo.

Nino ia dizer mais coisas, mas se calou. Parecia exausto. Eu também estava exausta. Lembrei do dia em que dançamos juntos em Juba, de como tive certeza de que tudo que me levasse a Nino poderia ser justificado. Mas, depois de cinco meses, percebi que não era assim. Do mesmo jeito que ele havia me resgatado de minhas tristezas, poderia me devolver a elas de forma trágica. Ele ou eu mesma, pouco importava. Eu precisava do ombro de Nino numa altura em que eu pudesse deitar minha cabeça. Precisava de seu corpo grudado no meu, do seu cheiro. Nossa dança teria que ser para a vida toda, pois para mim era impossível ficar sentada no salão observando ele se mover livremente. E cada dor em meu corpo, cada ponto das costas de Nino, tudo gritava que, se eu não pudesse dançar com ele, talvez tivesse que me retirar do salão.

— No que você está pensando?

— Nada. Estava lembrando do dia em que nós dançamos juntos.

Nino se emocionou e em seguida aproximou sua boca da minha e me beijou longamente, diluindo minhas certezas, colocando em xeque meu instinto de sobrevivência. Ao mesmo tempo que fechava as fendas, dilatava o meu corpo.

Eu me esquivei. Nino percebeu que eu estava lutando. Tentei disfarçar, pedindo para ver seus ferimentos. Levantei sua camisa.

— Parece que estão bons, sem infecção.

— Melhorou sua dor?

— Sim, o remédio está começando a fazer efeito.

Nino virou meu rosto para ele. Achei que fosse tentar me beijar novamente, mas não, ficou olhando em meus olhos. Percebi que buscava palavras dentro de si.

— Mariana?

Eu aguardei, mas ele não conseguia falar.

— Mariana...

Comecei a ficar aflita. Não só pelo que ele poderia dizer, mas também por sua incapacidade de falar. Eu precisava colocar muita coisa no lugar, não podia mais estar ao alcance de Nino tão desestruturada. Coloquei a mão sobre sua boca:

— Amanhã conversamos mais.

Ele abaixou a cabeça. Foi a primeira vez que senti que Nino havia sofrido uma derrota. Segurei sua mão com força.

— Vamos deitar?

Ele assentiu. Cheguei mais perto dele e fechei os olhos. Adormecemos com as mãos unidas.

TORNADA

Era a sexta vez que eu cruzava a estrada ocre e verde. Na primeira, estava completamente perdida e só tinha a risada de Carlos em minha cabeça. Eu, tão pequena, tão sem rumo. Na segunda, fui atrás de ar e acabei sendo implodida por um atentado. Na terceira, estava a caminho da primeira missão que fiz com Nino. Foi o começo de uma jornada na qual ele mudaria completamente a minha maneira de olhar para o mundo. Na quarta, foi quando decidi ir embora e acabei dançando com ele uma dança que duraria o resto de minha vida. Depois, foi para viajarmos juntos, a apoteose do meu amor. Da minha alegria, da minha vida. E, por fim, a sexta era para fugir de vez de Nino.

Eu havia acordado nas primeiras horas de luz daquele dia. Nino segurava minha mão com força, mas dormia profundamente. Estava altamente medicado, dificilmente acordaria nas próximas horas. Fiquei olhando a expressão do seu rosto. Ele dormia com um leve sorriso nos lábios, e suas sobrancelhas repousavam em um ligeiro arco. Parecia um leopardo caçando, silencioso e atento.

Era a mesma expressão selvagem que eu vira em seu rosto nos dias que passamos entre os mundaris, naqueles dias em que fiquei assistindo ele se banhar em urina de vaca, lutar usando uma pele de bicho na cintura ou simplesmente ficar deitado no rio Nilo falando da infância em Salvador.

Como o queria para mim. E nunca, nunca o teria. Minhas mãos, minha vagina, meus ossos. Tudo era a dor de nunca poder ter Nino. Lembrei do momento em que o vi com Carmen. Não poderia dividi-lo com alguém tão pequeno. Como Nino mesmo disse, seu inimigo é quem lhe dá brilho. É preciso ter um inimigo forte, poderoso, alguém que você admire. Tina eu admirava. Mas Carmen apequenava Nino, apequenava a mim mesma. Seria impossível dividi-lo com ela.

Eu poderia passar a vida olhando Nino dormir com sua expressão de leopardo caçando, mas ele acordaria em algumas horas, e recomeçaria meu martírio.

Desentrelacei minha mão e tentei nesse gesto pegar de volta todas as partes de mim que estavam acorrentadas a ele. *Existe uma diferença entre dar a mão e acorrentar uma alma*, mas ele mesmo, que virava o sol de quem o tocasse, não poderia nunca fazer essa diferenciação. Eu tinha que partir para sobreviver a Nino.

Sem olhar para trás e segurando o choro para não acordá-lo, saí de sua barraca e fui preparar as coisas para minha partida. Era uma quinta-feira, o dia em que saía um avião para Juba.

Organizar minha viagem foi fácil. Uma pequena mochila, quase nada dentro. Uma carta de incapacidade psicológica para continuar a missão endereçada aos dirigentes dos MSF, uma vaga no avião para Juba. A única pessoa da qual me despedi foi Rosie. Ela foi até o lugar onde eu aguardava o carro que me levaria embora.

Eu estava usando um casaco sobre os ombros, mesmo assim ela notou os ferimentos de meu pescoço.

— Foi Nino?

— Não.

Ela me olhou ainda mais preocupada.

— Eu soube de uma estrangeira atacada fora do *compound*, mas achei que fosse invenção, falatório dos nuers.

Me limitei a abaixar a cabeça. Ela colocou suas grandes mãos na testa, em um gesto de descrença.

— Não era para você viver o país dessa forma! Algumas mazelas são nossas, você tem que viver as suas! — ela falou, dura. Estava indignada.

— Você tem razão, Rosie.

— Por que você fez isso?

— Por conta das minhas mazelas...

— Que mazelas, Mariana?

Comecei a chorar. Coloquei meus óculos. Ela se sentou ao meu lado. Viu minha mão machucada e a colocou entre as dela.

— Eu não entendo! Por que se sujeitou a isso?

— Eu precisava fugir de mim. Tentar ser forte, como vocês. Sobreviver, apesar de tudo.

— Fugir do quê?

— Do desejo de que Nino fosse só meu. Do ciúme, da alma que dói.

Rosie ficou me olhando, reflexiva.

— Nós somos realmente de culturas muito diferentes. Aqui, lutamos pela sobrevivência. Lutamos também uns contra os outros, lutamos contra a dor. Vocês não, vocês lutam contra vocês mesmos! Impossível compreender.

Apesar de estar brava, ela acariciava minha mão. Eu não conseguia mais falar.

— "Quando não souber para onde ir, olhe para trás e saiba pelo menos de onde você vem." É um provérbio africano. Leve ele com você. Repita, quando precisar ser forte. Não quero nunca mais que se machuque dessa forma, não de forma espontânea. Isso não é da nossa cultura! Nunca vamos atrás do sofrimento!

— Você tem razão, Rosie. Por isso estou voltando para o lugar de onde eu vim...

Rosie me abraçou, por fim. Tudo que eu queria, seu abraço. Era minha despedida, e seus longos braços negros eram o afeto que eu queria levar daquele país.

— Amer!

— Amer, não. Rosie.

— Claro, Rosie. Espero que as pessoas que lutam entre si aprendam a ser sul-sudanesas como você.

— Fique bem, Mariana. E obrigada por tudo que fez aqui. Aprendi muito com você.

— Obrigada você!

Nos abraçamos mais uma vez e eu entrei no carro que me levaria embora.

O caminho de volta é sempre mais rápido que o de ida. Minha última visão do Sudão do Sul foi Juba vista de cima, com suas casas inacabadas, ruas de terra e verde por todo lado. Uma paisagem simples, que na minha chegada eu tinha visto com desalento e povoado com as angústias que trazia comigo. Mas, ao partir, Juba estava repleta de afetos. Meu último olhar para o Sudão do Sul foi de agradecimento.

Depois, peguei no sono e dormi quase todo o trajeto de volta, só voltando a mim quando já estava no voo para o Brasil. Pela terra revirada abaixo soube que estávamos próximo a Belo Horizonte.

Fiquei feliz de estar perto de casa. Pensei em coisas simples, como um pão de queijo ou um café coado, e fiquei feliz. Lembrei-me de minha partida, Bento chorando no aeroporto, a mala enorme, o coração pequeno. Agora voltava apenas com a mochila que estava ao meu lado, Bento não estava à minha espera, e meu coração estava enorme de amor e dor.

Não havia avisado ninguém de minha volta, então peguei um táxi e resolvi ir para um hotel. Seria paciente e gentil comigo. Ficaria escondida o tempo que fosse necessário para reconstruir pelo menos parte de mim.

Nos primeiros dias dormi muito, tomei banhos longos e vi muita televisão. Coisas que antes eram banais, mas uma cama como aquela, um chuveiro com água corrente e uma televisão eram agora artigos de luxo. Quando minha mão cicatrizou e os hematomas de meu pescoço estavam menos evidentes, comecei a andar pela cidade. Visitei lugares da minha infância, como padarias, restaurantes e escola de balé. Cheguei a cogitar ir visitar minha mãe, que havia se mudado para o sítio de seu segundo marido, mas, em vez disso, decidi encontrar Bento na saída da escola.

Eu o vi de longe conversando com os amigos. Ele havia crescido muito, já devia estar mais alto que Carlos. E estava lindo. Vê-lo me encheu de uma alegria inesperada. O último tempo em que tínhamos estado juntos fora de tantos conflitos que eu nem sabia que ainda era possível sentir aquela alegria ao vê-lo. O mesmo sentimento de quando ele era pequenino e eu, depois de um dia inteiro trabalhando, chegava em casa e ele me abraçava como se fôssemos ficar ali para sempre.

Respirei fundo para ir até ele. Estava nervosa e feliz. Caminhei devagar em sua direção, mas ele me notou antes mesmo que eu tivesse me aproximado.

— Mãe? — disse, espantado. Eu acenei sorrindo.

Ele falou algo para os amigos e veio até mim.

— O que está fazendo aqui?

— Vim te ver, filho.

— Você voltou hoje?

— Sim.

Não deixava de ser verdade, pois foi só ao vê-lo, instantes antes, que vislumbrei alguma possibilidade de retorno. Bento me abraçou e eu comecei a chorar.

— Por que está chorando?

— Alegria de te ver.

— Cadê o papai?

— Não sei.

— Ele não quis vir com você?

— Seu pai ainda não sabe que eu voltei.

Bento ficou me olhando, querendo captar tudo que havia naquela frase. Intuía sua dimensão, mas não disse nada.

— Quer almoçar? — perguntei.

— Sim!

Saímos andando, um ao lado do outro.

— Você está muito diferente — ele disse.

— Diferente como?

— Mais magra, seu cabelo. Sua roupa também, nunca te vi vestida assim.

— Você também cresceu muito!

— Ficamos muito tempo sem se ver — ele disse, com certo rancor.

— Desculpe, filho. — Peguei sua mão, e voltei a chorar. Ele deve ter sentido minha fragilidade, e quis ser gentil. Como tinha crescido o meu filho.

— E essa pulseira? — Apontou para a mão com a qual eu o segurava. — É da África, né?

— Sim, filho. É da África — respondi, lembrando-me de todas as vezes que Nino me dissera que a África não existia, lembrando que aquela era uma pulseira dinka, e que aquele homem fora tão violento comigo justamente por conta dela.

Chegamos a um restaurante a que sempre íamos quando ele era menor e eu conseguia pegá-lo na escola. Fiz uma série de perguntas sobre o colégio, o futebol e a prova do Enem. Ele quis que eu contasse sobre meus dias em Juba, quando a cidade estava em guerra. Enquanto eu relembrava aqueles momentos, consegui sentir a mão de Nino sobre a minha, seu sorriso, o tom de sua voz transformando a realidade em algo maravilhoso. Ao lado de Bento, porém, a presença ausente de Nino não doía tanto. Bento escutou tudo com atenção. Havia admiração em seus olhos; aquele olhar foi um alento.

Paguei a conta e nos levantamos para sair. Quando Bento pegou o rumo de nossa casa, lembrei que não havia dito que estava em um hotel.

— Bento? — Ele parou no meio da rua. — Estou hospedada em um hotel na Savassi.

Ele ficou desapontado.

— Desculpe, ainda não consegui ir para casa.

— Não vamos mais ficar juntos?

Entendi que ele não queria ficar longe de mim.

— Quer ir para o hotel comigo?
Seu rosto voltou a se iluminar.
— Tenho uns trabalhos para fazer...
— Eu te ajudo!
Ele ficou feliz, mas um pensamento contraiu seu rosto.
— Eu preciso avisar meu pai.
— Pode deixar que eu falo com ele.
Bento voltou a sorrir. Pude me ver em seu sorriso.
— Ali tem um ponto de táxi. Vamos até lá.

Bento tinha que fazer dois trabalhos, um de biologia e outro de matemática. Ele quis começar pelo de matemática. Sentei ao seu lado e, em uma primeira olhada, tive certeza de que não poderia ajudá-lo. Não entendia nada daquilo. Pedi para ver o de biologia, e felizmente pude ser útil. Bento, sentado na escrivaninha do quarto, lia alto as questões e eu respondia deitada na cama.

Fiquei observando suas costas. Ele tinha ossos largos, mas pouco músculo. A camisa do uniforme parecia sobrar um pouco nos ombros, que se moviam quase imperceptivelmente à medida que ia escrevendo. Pensei que Nino, com sua idade, estava treinando para lutar judô pelo mundo, e certamente tinha costas musculosas. A vida preparou Nino para ser o homem que era.

Será que ele sentira minha falta? Será que ficara ao menos desapontado quando soubesse que eu havia partido? Será que Carmen o estava dividindo com alguém ou tinha o privilégio de tê-lo apenas para si? Pensar em Nino, em Carmen, em tudo que eu não tinha mais, doía muito.

— Mãe? Mãe?
Demorei para ver que Bento falava comigo.
— Que cara é essa, mãe?

— Estava longe, filho.
— Na África?
Estava em um universo chamado Nino, mas como explicar isso a Bento?
— Acabou?
— Sim. Vamos voltar para o de matemática?
— Não vou conseguir te ajudar, filho. Vou aproveitar e ligar para o seu pai, tá? — avisei, indo para a porta do quarto.
— Liga daqui — ele disse quando percebeu meu movimento de sair.
— Filho, não falo com seu pai há um tempo. Ele nem sabe que estou de volta. Prefiro ter essa conversa sozinha. Pode ser?

Bento fez que sim e ficou me olhando sair.

Eu me sentei em uma mesa afastada do *lobby*, peguei o celular e, sem pensar muito, liguei para Carlos. Fiz uma ligação por telefone, não por WhatsApp. Ele saberia antes mesmo de atender que eu estava de volta.

— Mariana? — Sua voz estava espantada.
— Oi, Carlos.

Ficamos em silêncio. Não sabíamos o que dizer. Por fim, ele falou:

— Você está onde?
— Em um hotel, aqui em Belo Horizonte. Fui ver o Bento na saída da escola hoje. Ele quis vir comigo para cá. — Silêncio de novo. — Carlos? — Ele não respondeu. Eu precisava ser suave. Assim como eu, Carlos também estava sofrendo. — Ele veio passar a tarde aqui comigo e já vai voltar para casa.

— E você, não vai voltar para casa?
— Por ora não, Carlos.

Novo silêncio, mas dessa vez foi Carlos quem falou primeiro:
— Posso te ver?
Me surpreendi com o tom de sua voz. Acho que era a primeira vez que falava assim comigo. Não era súplica, mas também não era a ordem irônica à qual eu estava habituada.
— Sim. Eu também quero te ver, mas preciso de uns dias a mais...
— Me procure, então.
— Sim. — Outro silêncio. Estranho, difícil. — Tchau, Carlos.
— Tchau.
Voltei para o quarto e Bento estava no celular jogando.
— Terminou o trabalho?
— Não, estava esperando você voltar.
Antigamente eu me irritaria com isso. Bento dizendo claramente que eu precisava estar ao seu lado, empurrando-o, para que ele caminhasse. Mas naquele momento senti ternura. Era muito bom ser importante para meu filho.
— Já estou aqui, então — falei, deitando de volta na cama. Ele voltou a fazer o trabalho e eu a observar suas costas. Estava quase dormindo quando ele se virou:
— Mãe? Você me conta como foi o dia em que explodiram o carro em que você estava?
— Já terminou?
— Já.
— Então vem aqui do meu lado.
Ele deitou na cama e ficou aguardando que eu começasse a falar. Eu pensava por onde começar, o que contar, mas na minha cabeça só vinha a imagem de Nino me

examinando, emoldurado pela luz que o envolvia. Bento esperou pacientemente que eu começasse.

— É muito cansativo o trabalho lá. A vida não tem comodidades, trabalhamos muitas horas seguidas. Isso vai deixando a gente exausto. Frágil, talvez. Naquela manhã eu teria algumas horas de descanso e estava precisando de ar. Sair um pouco do *compound*. Ia chegar um avião com comida, medicamentos e outras coisas. Eu consegui uma vaga no carro que iria pegar a carga. Na ida, com a janela aberta, o vento batendo no meu rosto, aquilo me deu uma paz. As pessoas do Sudão do Sul são muito alegres, e eles cantaram durante todo o trajeto. De ida e de volta. É bonito vê-los cantando.

"Até que, no caminho de volta, algo explodiu na nossa frente e o nosso carro capotou na estrada. Uns cinco homens armados abriram a porta. Eu quis gritar por socorro, mas Kuir, o motorista que havia sido arremessado para o meu lado, se jogou sobre mim. Entendi que tínhamos que nos fingir de mortos. Os homens abriram o porta-malas e saquearam tudo que havia no carro. Fiquei pensando em você; por conta do sinal ruim, não tínhamos conseguido nos falar direito naquela manhã. Quando tivemos certeza de que eles tinham ido embora, Kuir pegou o rádio e ligou para o *compound*. Depois disso, não vi mais nada, desmaiei. Acordei com um dos médicos me examinando no chão da estrada."

— Você se machucou muito?

— Entraram uns estilhaços de vidro no meu braço e eu tive um corte que sangrou bastante. E quebrei um dedo. Mas nada demais.

— Poxa, nada demais, mãe? Isso parece um filme.

Senti certa admiração na forma como ele falou. Passei a mão em seu cabelo.

— Vamos nos ver amanhã? Eu posso te pegar na escola de novo.

— Você falou com o papai?

— Sim.

— E?

— Vou encontrar com ele, mas daqui a uns dias.

— Vocês se separaram mesmo?

— Sim, Bento — era a primeira vez que eu admitia a mim mesma que Carlos e eu não teríamos outra chance —, mas podemos ser amigos.

Bento começou a chorar. Eu o abracei.

— Vai dar tudo certo, filho — garanti, chorando também. Não a separação de Carlos, mas a ausência de Nino.

E assim ficamos, mãe e filho, entrelaçados em nossas dores, dando sustento um ao outro.

No dia seguinte, estava de novo à espera de Bento na saída da escola. Observei com admiração a maneira como ele se despedia dos amigos. Tive orgulho de saber que aquele mini-homem era também um pedaço de mim. Consegui perceber enfim que eu tinha uma vida antes de Nino e que talvez pudesse sobreviver sem ele. Acenei para Bento e ele veio até mim, me abraçando. Fomos almoçar no mesmo restaurante e para o hotel em seguida. Voltei a deitar na cama e ele a sentar na escrivaninha. Tirou da mochila seus cadernos e estojo. Abriu um deles e disse que ainda tinha que estudar matemática, mas em seguida se virou para mim:

— Me fala um pouco mais sobre o Sudão do Sul?

— O que você quer saber?

— Sei lá... O que você fazia lá exatamente?
— Fazia muitos partos, o pré-natal das mulheres que viviam no PoC, e atendia muitas mulheres que haviam sido atacadas.
— Atacadas como?
Eu tinha vontade de proteger meu filho daquele tipo de realidade. Mas pensei em Nino dizendo que a vida é um elo de coisas boas e ruins, continuamente....
— No PoC é muito difícil o acesso à água. Fora que elas precisam de lenha para cozinhar. Elas saem do PoC, onde estão seguras, para pegar água e lenha. É comum que nesse trajeto sejam atacadas por homens que as estupram.
— Que triste!
— Muito triste, filho.
— E o que você fazia?
— Eu as medicava, dava remédio que evitasse que ficassem doentes ou engravidassem.
— E só?
— Só...
— Mas ninguém ia preso?
— Ah, filho, lá não é como aqui que tem uma delegacia para dar queixa, alguém que vai atrás de criminosos para prendê-los. São pessoas fugidas de guerra, um país muito castigado pelos conflitos. Eles lidam com isso, com a violência, desde novos. A gente nem consegue imaginar a capacidade que eles têm de voltar à vida mesmo depois de algo muito trágico. Teve uma vez... — comecei a falar e me calei. Vi Nino me acordando, dizendo para eu ver meus pacientes antes de partirmos.
— Mãe? Mãe?

— Desculpa, filho, fui para longe. Então, eu tinha chegado fazia pouco tempo lá, e fui chamada para atender uma tribo que havia sido atacada naquela noite. Fomos de avião até lá. Quando chegamos, fiquei muito assustada com a violência com que as mulheres haviam sido atacadas. Passei a madrugada atendendo. Fiz até um parto, e a criança que nasceu ganhou o meu nome.

— Que legal, mãe!

— Sim, muito. É comum eles darem ao filho o nome do médico que os atendeu. Enfim, depois de ter passado horas tratando aquelas mulheres violentadas, e feito o parto, acabei adormecendo. Quando acordei, fui revê-las, achando que as encontraria deitadas, descansando ou sofrendo. Tinha sido uma noite de horror. Mas fiquei abismada de não encontrar mais ninguém na barraca. Todas já estavam em pé, refazendo suas casas, o cercado dos bichos, trazendo de volta as vacas que haviam restado. Se não fosse pelas coisas destruídas, eu nunca diria que haviam sido atacadas naquela noite.

— Mas por que eles foram atacados?

— Na maioria dos países da África, os clãs, as linhagens ou tribos, atacam uns aos outros há milhares de anos. O motivo principal sempre foi roubar o rebanho. O gado é o dinheiro deles, eles vivem de suas vacas. Mas a guerra no país, hoje em dia, não é só um conflito étnico. É uma briga de grupos armados muito violenta. Até onde eu consegui entender, envolve petróleo e política. Milhares de pessoas têm que deixar suas vilas em busca de proteção em PoCs como o de Bentiu. Mulheres são atacadas, crianças são sequestradas. Antigamente os homens eram escravizados, mas hoje em dia, como a escravidão é proibida, não fazem mais isso.

— Que horror. E o que eles fazem com os homens, então?
— Matam, na maioria das vezes.
— Nossa, que triste.
— Muito triste, filho. Ainda mais quando você pensa nas crianças que são sequestradas para virarem soldados. É difícil explicar, mas eles convivem com a tragédia de outra forma.

Bento voltou para seu caderno de matemática. Sua imobilidade deixava claro que estava pensando em tudo que ouvira.

— Sabe, Bento, tudo isso que estamos falando existe sim, no Sudão do Sul. E em outros países. É o lado mais chocante do continente, o que nós mais vemos nas notícias. Mas, quando você está lá, no dia a dia, você vê muito mais coisas que isso. Muito mais mesmo. É um povo doce, muito mais alegre que a gente. Eles são muito firmes nas suas tradições, e isso é muito bonito, ver o modo como vivem há séculos sendo conservado. Nós mesmos, quando estamos nessas tribos mais isoladas, parece que estamos voltando à nossa essência. A essência do ser humano, dá para entender? É meio difícil de explicar, mas é como se nós voltássemos a ser selvagens, e isso nos desse uma força, um brilho, que nem imaginamos ter. E é um país de paisagens lindas. As cores são lindas, das paisagens e das pessoas. Inclusive, é o povo mais alto do mundo. Eles são enormes! E o canto deles é lindo. O barulho do rebanho. E o calor, filho? É um calor sufocante.

— Um dia quero conhecer a África. Você me leva?
— Claro.

Fiquei imaginando Bento e eu chegando a Juba e Nino nos esperando no aeroporto. Nino mostraria a Bento o Sudão do Sul através de seus olhos. Bento ficaria maravilhado com tudo. Por onde estaria Nino? Já havia passado a data do fim de sua missão. Será que já havia ido para outro país? Será que continuava na sua querida África? E que importância aquilo tinha agora? Mesmo que estivesse no Brasil, ainda assim, meu destino era viver sem ele.

— Mãe?
— Oi, filho.
— Você vai encontrar o papai semana que vem?
— Ele te disse? Sim, vamos jantar juntos na quarta.
— Legal. Acho que ele ainda gosta de você.

Bento se virou de novo para os cadernos e eu me deitei na cama. Peguei um livro na cabeceira e fingi que lia enquanto pensava em como seria meu reencontro com Carlos.

A sexta-feira chegou rápido. Fiquei surpresa ao ver que o tempo não estava mais se arrastando, e sabia que era por conta de Bento. Perguntei se ele queria passar o fim de semana comigo. Poderíamos viajar, ir até Inhotim, dormir em algum hotelzinho por lá. Bento já tinha combinado de ir para a fazenda de um amigo, mas pareceu sem jeito em negar meu convite. Deixei bem claro que ele não deveria se sentir assim, e disse que aproveitaria o fim de semana para comprar umas roupas e ir ao cabeleireiro.

— Faz isso! Eu quase não te reconheci, mãe! Antes você estava sempre arrumada, e eu ainda nem te vi mudar de roupa, está todo dia com a mesma.
— Eu mudei de roupa, Bento!
— Não parece! Compra uma roupa para jantar com o papai! Não dá para entrar em um restaurante vestida assim.

Assim que Bento saiu, fui me olhar no espelho com mais cuidado. Vestia um jeans desbotado de tanto lavar, uma camiseta branca, um tênis e o cinto que Nino me emprestara.

Da antiga Mariana só sobrara a bolsa Céline que estava pendurada na entrada do quarto. Meu cabelo tinha alguns fios brancos que eu conseguia disfarçar dividindo para o lado. Não usava nenhuma joia, apenas a pulseira. Meu rosto ainda estava castigado.

Não estava bonita, mas minha imagem não me desagradava. Eu tinha enfim a sensação de estar viva. Só que Bento tinha razão. Eu podia me desfazer daquela roupagem humanitária. Não era ela que me dava brilho. Era tudo que vivi, tudo que chorei, que amei. E pouco importava que roupa eu vestiria; isso nunca seria tirado de mim. Peguei minha bolsa e fui para o shopping. Queria retomar alguns dos meus antigos prazeres.

Na semana seguinte, cheguei ao restaurante onde havia combinado de encontrar Carlos, de roupa nova e cabelo cortado. Ele já estava aguardando. Nos cumprimentamos de forma desajeitada, não sabíamos se cabia algo íntimo como um abraço, ou algo protocolar como dois beijinhos. No fim, depois de nossos rostos quase se encontrarem em nossa dúvida, acabamos nos abraçando por alguns segundos. Carlos estava mais magro. Ele achou o mesmo de mim, e foi a primeira coisa que disse:

— Você emagreceu bastante!

— Você também.

Ele assentiu com a cabeça e apontou a cadeira para que nos sentássemos.

— Bebe vinho?

— Sim, claro.

Carlos acenou para o garçom e ficamos esperando ele se aproximar em silêncio. Carlos pediu o vinho e uma entrada. Perguntou se eu queria algo a mais, e eu balancei a cabeça negativamente.

— Me fala um pouco de você, Mariana.

De novo aquele jeito superior de falar comigo, como se estivesse começando uma sessão com um paciente. Ele em cima, eu embaixo. Lembrei-me do nosso derradeiro macarrão com legumes. Mais uma vez senti raiva de Carlos, e me revi exausta, me arrastando pela vida. Mas agora, em vez de ficar ruminando aquele sentimento, levantei a cabeça e o olhei nos olhos. Para minha surpresa, em vez de arrogância, vi amor. Eu me senti estilhaçada, meu coração apertou. De repente minha vida toda ao lado dele se reorganizou dentro de mim. O problema de Carlos nunca foi Carlos. O problema sempre fui eu, que não conseguia mais vê-lo sem críticas. Havia me habituado a odiá-lo.

Fiquei emocionada.

Queria protegê-lo de mim, mas não havia mais como. Ele percebeu que eu estava sendo atravessada por muita coisa e aguardou pacientemente que eu pudesse falar. Respirei fundo para retomar nossa conversa.

— Foram meses muito intensos, Carlos. Muito trabalho, muita exaustão, mas muitas descobertas. Foi uma experiência importante.

— Imagino. Consigo ver isso em você.

— Como?

— Difícil dizer. Você está com mais corpo, apesar de mais magra. Está com mais corpo. Mais bonita também.

Corei. Carlos não me elogiava daquela forma desde o início de nosso namoro. Ele percebeu que eu fiquei sem jeito.

— Como é o Sudão do Sul?

— Um lugar selvagem. Com todas as definições que essa palavra possa ter. E um lugar de muita doçura. As pessoas são doces, não importa a linhagem delas, todas as tribos têm isso em comum. Doces e bárbaras. Claro, não é a doçura que mantém o país por tantos anos em guerra.

— Você viu muita gente morrer?

— Sim. No PoC morriam pessoas quase diariamente. Fugidos de guerra que chegavam já quase mortos, na maioria das vezes. E em Juba, nos dias que passei lá, morreram muitos soldados e civis.

— Você pretende voltar?

— Não. Nem ir em outra missão. Essa vida não é para mim, não sou tão humanitária assim. E também quero ficar mais perto do Bento.

Carlos ficou me observando. Eu não tinha coragem de olhar em seus olhos novamente. Por fim, ele disse:

— Você vai voltar para casa?

Eu havia me preparado para aquela pergunta por seis meses, desde o dia em que entrara no avião rumo ao Sudão do Sul. Depois, veio Nino. E a dor por Nino. Tudo que vivi construiu em mim a resposta. Não tinha mais raiva de Carlos. Nem de mim.

— Não, Carlos. Não vou voltar para casa.

Ele ficou quieto, digerindo minha resposta. Dava para ver que não esperava aquilo. Passamos um tempo olhando para o lado; o silêncio era cortante. Carlos tomou um gole de vinho e só depois tornou a falar.

— Tem certeza, Mariana? Temos uma história, temos o Bento. É sempre possível fazer adequações, mudar. Para que jogar fora tudo que já vivemos?

Foi só parar de ver Carlos com raiva, de vê-lo além de minhas frustrações, para perceber que ele dependia mais de mim do que eu dele. A vida e sua ironia. Precisei deixar de odiar Carlos para conseguir me separar dele.

— Não estou jogando nada fora, Carlos. Tudo que vivemos nos fortaleceu. E nos deu Bento.

O garçom chegou com a entrada nesse momento. Nós dois olhamos para ela, mas não conseguiríamos comer. Carlos estava muito triste. Não me lembro de vê-lo com aquela expressão. Ficamos mais um longo tempo sem dizer nada. Eu também estava triste.

— Eu fiquei te esperando, Mariana — ele disse, com a voz entrecortada.

Estava incomodado em expor sua fragilidade daquela forma. Sempre achei que ele bancasse o forte, o inabalável, para se sentir superior. Mas, na verdade, ele estava tão acostumado a ser o ponto de apoio dos outros, a ser o norte de todos que o procuravam em busca de ajuda, que nunca se permitira ter fraquezas. Comecei a chorar também. Levei muito tempo para ver Carlos. E agora não adiantava mais. Não havia mais nenhum caminho que me levasse a ele. Carlos chamou o garçom:

— Você traz a conta, por favor?

O garçom olhou para a entrada intocada e a garrafa de vinho que acabara de ser aberta.

— Querem levar?

Nós dois acenamos negativamente. Vi que Carlos precisava ir embora dali.

— Pode ir, Carlos. Eu pago aqui.

— Obrigado. — Ele se levantou, já se preparando para partir.

Eu queria abraçá-lo, protegê-lo daquela dor, mas isso não seria possível. Então, em silêncio, vi Carlos sair.

A conta chegou e eu pedi ao garçom que me servisse um pouco mais de vinho. Minha vida ao lado de Carlos dançava pelas minhas lembranças entrelaçada com o tempo que eu passara com Nino. Eu observava o que havia vivido e que estava agora diluído pelo tempo, impalpável em minhas lembranças. Aqueles dois homens ajudaram a construir a Mariana que eu havia me tornado. E eu, apesar de tudo, enfim me sentia bem em ser quem era.

Fiquei um tempo ali, passeando em minhas reminiscências, e quando dei por mim tinha bebido toda a garrafa de vinho. Fazia meses que não bebia nada alcoólico e nem sei como cheguei ao hotel. Só dei por mim na manhã seguinte, ao acordar com o telefone tocando. Era um número desconhecido. Atendi e demorei um tempo para entender o que estava acontecendo. Era Deng-Deng. Ele estava falando do celular de um dos seguranças do PoC e tinha que ser bem rápido. A ligação estava ruim e eu tive dificuldade para ouvi-lo. Ele disse que tinha sido muito difícil conseguir meu número, mas que ele não teria desistido até conseguir me avisar de que Nino havia morrido.

Ouvi um som distante e demorou para que eu entendesse que era alguém batendo na porta do quarto. Fiquei em silêncio ouvindo a batida se intensificar até desaparecer de vez. Depois de uns minutos, alguém abriu a porta e vi Bento entrar assustado. Eu estava deitada na cama. Atrás dele vinha um funcionário do hotel, que só foi embora depois de Bento dizer a ele que eu estava bem.

— O que aconteceu com você, mãe? Achei que tivesse acontecido alguma coisa grave! Fiquei te esperando na escola… Você não me ouviu batendo na porta?

— Me abraça? — pedi, chorando.

— O que foi, mãe? — Bento começou a chorar e me abraçou. Ele era uma criança. Eu não deveria chorar assim na frente dele, mas não conseguia me controlar.

— O que aconteceu, mãe?

— Ele morreu.

— Quem morreu, mãe?

— Nino! Nino morreu.

Eu falava soluçando. Estava com falta de ar. Bento me abraçou bem forte.

— Calma, mãe!

Chorei por muito tempo, abraçada a Bento. Ele não disse nada até ver minha respiração mais calma. Por fim, perguntou:

— Quem é Nino?

Fiquei parada, olhando para longe. Quem é Nino? Minha própria vida, Nino é minha própria vida, eu poderia responder, mas era Bento que estava ali ao meu lado. Ele também fazia parte de mim. Mesmo sem Nino, eu teria que continuar.

— Nino é uma pessoa que eu conheci no Sudão do Sul. Médico do programa. Um homem que, que... — Não conseguia falar, e voltei a chorar.

— Você se apaixonou por ele?

Assenti com a cabeça. Bento ficou claramente incomodado.

— Como ele morreu?

— Um atentado. Um ataque ao *compound*... Morreu na hora...

— Nino... Por isso que você não queria voltar de lá... — Bento disse, com amargor.

Eu tinha acabado de saber da morte de Nino, e, mesmo sabendo que precisava proteger Bento, estava tão abalada que não conseguiria dizer meias verdades.

— Bento, eu me apaixonei sim, mas foi muito mais que isso. Ele me salvou de mim...

— Então por que você voltou? Por que não ficou com ele? — Bento gritou, se levantando. Fez menção de ir embora, mas voltou e se sentou na escrivaninha, de costas para mim. Eu sabia o quanto saber da existência de Nino era difícil. Eu havia sumido de sua vida por seis meses e agora ele culparia Nino por isso. Tentei controlar minha dor. Precisava esclarecer a Bento que não fora Nino que me afastara dele. Havia sido eu mesma. E, se estava de volta, se estava ali, inteira ao seu lado, sem tomar remédios ou me arrastando, era porque havia conhecido Nino.

No entanto, cada vez que tentava falar algo, o choro impedia. Ficamos um tempo assim, eu na cama chorando e Bento de costas para mim. Até que ouvi meu celular tocando. Pelo número, achei que pudesse ser Deng-Deng novamente. Quem sabe ele havia se enganado. Nino ainda estava vivo, no hospital, machucado, mas vivo. Peguei o telefone correndo.

— Mariana!

Era Rosie. Ela confirmou a morte de Nino. Ele estava em missão em Leer, perto de Bentiu. Atacaram o hospital da cidade e ele morrera na hora. Outras pessoas ficaram feridas, mas só ele tinha morrido. Ela disse que toda a organização estava muito abalada.

— Estou sem chão.

— Imagino, Mariana. Mas agora ele precisa de você.

— Como assim precisa de mim?

— Nino não tem nenhum familiar que a organização consiga contactar. Eles não sabem para onde mandar o corpo. Talvez o enterrem aqui mesmo, ou na França.

— Acho que Nino iria gostar de ser enterrado aí.

— Não, Mariana. A pessoa tem que ser enterrada onde estão suas raízes, seu ancestrais. Ele precisa ser enterrado em Salvador. Você está aí no Brasil. Você tem que fazer isso por ele.

Fiquei em silêncio, pensando. Eu não era nada de Nino. Legalmente, não poderia tomar nenhuma decisão sobre seu enterro.

— Mariana, você está aí?

— Sim.

— Este telefone é do Albert. Você não o conheceu. É ele que está resolvendo tudo sobre o Nino. Ele gostava muito dele, e quer muito que seja enterrado aí. Pense, veja o que é possível e ligue para a gente.

— Tá bom, vou pensar.

Eu queria perguntar a Rosie mais coisas sobre Nino. Como ele ficara depois que vim embora, se sentira minha falta, se continuara a ver Carmem. Mas não conseguia falar, além de Bento estar ao meu lado. Encerrei a ligação e me atirei na cama. Bento se virou para mim:

— Quem era?

— Rosie. Trabalhou comigo lá. Era minha assistente.

— O que ela queria?

— Ajuda para enterrar Nino em Salvador.

— Salvador?

— Ele era de lá.

— Ah, ele era brasileiro, então.

— Sim, brasileiro.

— Ele não tem família? Você que precisa fazer isso?

— Ele não tinha ninguém. Filho único e os pais já morreram. Tinha um primo... claro, o primo dele!

Lembrei de Nino dizendo que, quando vinha ao Brasil, visitava o primo no Rio Vermelho. Não disse o nome dele, mas eu talvez conseguisse descobrir. E, de repente, a ideia de que eu poderia fazer algo por Nino, me despedir dele, foi me resgatando do meu desespero. Se Nino fosse enterrado em Salvador, se eu conseguisse trazer seu corpo, eu ainda o veria mais uma vez.

— Quero conversar com você, filho. Contar o que eu vivi no Sudão do Sul, como foi minha relação com o Nino, mas precisamos de tempo para isso. Agora eu preciso achar o primo dele para tentar enterrá-lo aqui.

— Não quero saber da sua história com esse cara, mãe.

— Eu te entendo.

Ele e eu tínhamos recebido notícias com as quais precisaríamos de tempo para lidar. Fiquei deitada na cama, olhando para cima. Achar um primo de quem eu não sabia nem o nome, apenas o bairro onde morava. Talvez o jeito mais fácil fosse ir a academias de judô em Salvador. Se ele foi um judoca profissional, alguém deveria conhecer ele e sua família. Levantei e disse para Bento que iria até o *lobby* do hotel.

— O que vai fazer?

— Ver se eles me ajudam a comprar uma passagem. Pensei em ir até Salvador. Eu sei que esse primo mora no Rio Vermelho.

— Imagina se você vai achar alguém assim, mãe! O Nino não tinha Facebook?

— Facebook? Nino? Duvido.

Bento pegou seu celular.

— Qual o nome dele?

— Nino Morelli.

Bento mostrou alguns Ninos, mas nenhum era ele.

— Esquece, Bento. Nino não tinha Facebook.

— Qual o nome do primo dele?

— Não sei.

— Como você vai achar alguém assim, mãe? Você não sabe nem o nome dele!

— Por isso que eu pensei em ir para Salvador. Nino foi atleta de judô, quase foi para as Olimpíadas. As academias de judô devem conhecer ele.

— Nossa, mãe, você é muito atrasada! Qual o sobrenome desse Nino mesmo?

— Morelli. Nino Morelli.

Bento começou a digitar no celular.

— O que vai fazer?

— Dar um Google nele. Se ele quase foi para as Olimpíadas, deve ter bastante coisa sobre ele.

Fui até Bento, que me mostrou o seu celular. Fiquei admirada em ver que ele tinha razão. Havia várias matérias sobre Nino, a maioria falando sobre sua lesão e o fato de que não iria mais para as Olimpíadas de Barcelona. Eu não conseguia parar de ver suas fotos. Fotos dele novo, dele lutando, dele com seus professores. Não era possível que Nino não existisse mais. Tornei a chorar. Bento, em vez de se afastar, passou a mão em minha cabeça. Olhei para ele e vi um homem ao meu lado.

— Obrigada, filho.

Enxuguei minhas lágrimas e continuei a pesquisar. Em uma matéria de um jornal de Salvador, havia uma declaração de um tal de André Morelli. Seria o pai dele? Ou quem sabe o primo?

— Bento, veja aí, André Morelli no Facebook. Você consegue pesquisar por Salvador?

— Consigo.

Havia três André Morelli em Salvador. Nenhum parecia ser o pai de Nino.

— Você me ajuda a escrever para eles?

Bento assentiu. Aquela busca tinha nos reaproximado. Talvez fosse porque ele agora se sentia parte daquela história, ou porque eu tinha percebido que ele já era um homem. Ele mandou mensagem aos três Andrés dizendo que a mãe havia trabalhado no MSF com Nino Morelli e perguntando se por acaso eram seu parente ou o conheciam. Não demorou muito, veio a resposta de um deles. Era o primo de Nino. Abracei Bento.

— Eu nunca conseguiria isso sem você, filho. Obrigada.

Perguntamos se ele podia me passar seu telefone. Não daria a notícia de sua morte por ali. Demorou um pouco, ele enviou seu número.

Liguei em seguida. Sua voz lembrava a de Nino por conta do sotaque. Eu me apresentei novamente e disse que Nino havia morrido. Contei o que sabia, que era pouca coisa. Ele ficou um tempo em silêncio. Depois disse que havia perdido seu único primo. Perguntei se ele conseguiria conversar sobre questões práticas do seu enterro ou se preferia que eu ligasse depois.

— Pode falar agora.

— Precisamos da sua ajuda pra enterrá-lo em Salvador.

— Ele não deixou nada escrito?

— Não.

— Você acha mesmo que precisa enterrá-lo aqui? Não vejo Nino preocupado com o lugar onde será enterrado.

— Pessoas próximas a ele acham importante. É onde estão suas raízes.

Não quis dizer que era importante para mim também, que queria me despedir dele.

— Eu preciso fazer o quê?

— Não sei ao certo. Acho que um requerimento formal, ver onde os pais dele estão enterrados, organizar com o cemitério. Posso pedir para a pessoa responsável do MSF para falar com você?

— Sim, pode. Que baque! Nino era um cara incrível... Nos víamos pouco, mas vou sentir falta dele.

— Sim. Eu também vou sentir falta dele.

Recomecei a chorar, então não quis demorar na ligação.

— E aí? — Bento perguntou quando desliguei.

— Ele vai ver. Vou passar o número dele para esse Albert. Vamos ver se dá certo.

— Acho que vou indo, mãe.

— Você pode ficar mais um pouco?

Ele titubeou. Peguei na sua mão.

— Bento, estou mais calma agora. Vamos conversar?

— Sobre o quê?

— Sobre Nino.

— Não quero saber disso não, mãe! — Ele tentou tirar a mão da minha, mas eu a segurei.

— Deixa só eu te falar uma coisa. Não é sobre Nino, é sobre mim. Quando cheguei ao Sudão do Sul, estava um trapo. Eu me sentia infeliz com tudo, e o pior, em grande parte, culpava o seu pai por toda a minha infelicidade. Até que eu conheci Nino. Ele me mostrou um mundo diferente, uma forma diferente de ver as coisas. Mostrou que eu era forte...

— Por que você está me falando tudo isso? Nem entendo o que você está falando!

— Você é novo, filho. Não tem que entender essas coisas complexas da vida ainda. Mas o que eu quero te dizer é que Nino não é importante porque eu me apaixonei por ele, mas porque ele me mostrou um mundo bom. Uma Mariana boa. Ele me ensinou a me sentir feliz. Eu estava totalmente distante de mim. Me anestesiava comprando roupas, joias, e sei lá mais o quê. Vivia endividada no cartão, trabalhava que nem uma louca, não via mais nenhum prazer em fazer um parto. Fazer um parto, imagina, que por muito tempo foi a coisa mais mágica na minha vida... E de repente eu fazia aquilo como um zumbi, totalmente esvaziada de mim. E todas aquelas medicações que eu tomava? E havia o seu pai, as obrigações da casa. Você. A gente brigava muito, lembra? A vida estava muito pesada para mim, filho. E eu não conseguia ver que o problema estava em mim mesma. Aí aparece Nino. Uma pessoa tão coerente consigo mesma, com sua forma de ver o mundo. Tivemos, sim, um caso. E foi isso. Nino pertencia ao mundo, e no mundo eu o deixei. Mas nunca imaginei que esse mundo fosse desaparecer com ele de forma tão trágica.

Voltei a chorar. Bento ficou me olhando.

— Ele pode ter sido bom para você, mãe. Eu sei que você está diferente. Você voltou bem mais legal. Mas...

Bento ficou procurando as palavras, mas não conseguiu.

— Eu te entendo, filho. Não precisa dizer nada. Eu não queria que você tivesse sabido de Nino assim...

— Você foi embora, mãe. Me deixou...

— Eu sei, filho. Me desculpe.

Bento começou a chorar também, mas não se afastou de mim. Nos abraçamos. Meu filho agora era um homem e estar ao seu lado me fazia bem.

O caixão que trazia o corpo de Nino chegou em uma manhã muito quente e úmida. Era Nino, trazendo consigo um pouco do seu Sudão do Sul. O caixão estava coberto de bandeiras, e a maior delas era dos Médicos Sem Fronteiras. Bento estava ao meu lado, e, além de nós, estava apenas o primo com a esposa. Bento me perguntou se não iriam abrir o caixão; expliquei que o corpo deveria estar muito destruído por conta da explosão, então não poderia ser aberto. Ele assentiu com a cabeça.

Não sabíamos de que tipo de cerimônia Nino gostaria de ter em seu enterro, então chamamos um padre para o velório. Ele foi breve, falou da vida humanitária de Nino, exaltou sua trajetória, falou dele como se fosse um herói. Nino riria de tudo aquilo, desse lugar de herói humanitário, mas foi bonito, até seu primo chorou. Depois fomos em cortejo até onde estava enterrado seu pai. A mãe havia sido sepultada em outro cemitério, e, como André era primo pelo lado paterno, escolheu deixar Nino ao lado do pai.

O barulho da terra sendo jogada sobre o caixão me remeteu à imagem de Nino lutando com o homem que havia me atacado, enquanto eu, obcecada, só conseguia pensar no que nos pudesse manter unidos, e a morte parecia a única saída. Voltarmos ao barro juntos. Meses depois, eu estava em sua cidade natal, ao lado do meu filho, ouvindo o barulho da terra cobrir o corpo de Nino. Ele se decomporia sozinho, longe daquele dramático dia, longe do Sudão do Sul, mas na terra de onde veio, na terra que tínhamos em comum, em nosso país. Era uma forma de estarmos juntos também, pensei. Lembrei do dia em que ele me falou de seu sonho. Agora, finalmente, ele olharia o mundo de cima. Nino havia se tornado o elo de cada luz que brilhava na Terra. Fechei os olhos e agradeci tudo que havia feito por mim. Nossa dança, a forma como me resgatou, o brilho que emprestou aos meus olhos, a maneira implacável com que me machucou. O desejo desesperado de tê-lo para mim. Agradeci a luz e a sombra de nossa relação. E também disse adeus.

Convidei o primo e a esposa para almoçar. Queria conversar com André, ouvir histórias de Nino quando criança. Queria também falar sobre Deng-Deng. Ele disse que não poderia naquele dia, então ficamos de nos encontrar depois. Bento e eu ficaríamos mais uns dias em Salvador. Eu queria conhecer a cidade, passar o dia na praia, andar de barco, experimentar o caruru e o sorvete de tapioca.

Minha herança de Nino foi a urgência de vida. Queria aproveitar cada momento, principalmente ao lado de Bento. Fiz suas vontades de garoto de dezesseis anos, como ver um jogo de futebol no estádio e mergulhar. Nos divertimos bastante. Eu queria estender aqueles dias, passar mais tempo na beira do mar, sem pensar na vida, mas Bento tinha que voltar para a escola e eu precisava reabrir meu consultório, pois o dinheiro estava acabando.

No penúltimo dia, consegui encontrar André. Ele tinha um escritório de advocacia e era superocupado. Ele me recebeu se desculpando pela demora, mas estava com muita coisa urgente para resolver. Era o oposto de Nino.

— Vou ser breve. Nino tinha um filho no Sudão do Sul. Eu sei que você é o herdeiro legal dele, mas não podia deixar de te falar isso.

Contei tudo que sabia sobre Deng-Deng.

— Mas você tem certeza que era filho do Nino?

— Não, nem Nino tinha.

— Então temos que pelo menos fazer um teste de paternidade.

— Quando Nino me disse que Deng-Deng poderia ser seu filho, perguntei isso, se ele não queria ter certeza. Nino disse que ser pai biológico não faria diferença na relação que ele mantinha com o menino. Eles se adoravam.

André ficou pensando. Seu celular não parava de vibrar.

— São pessoas muito pobres, André. Não sei quanto Nino tinha, mas, para Deng-Deng e sua família, esse dinheiro pode reconstruir sua história.

— E por que Nino não fez isso? Não tirou o menino dali?

— Nino tinha uma forma diferente de ver o mundo. Para ele, este mundo nosso era barulhento demais. — Apontei para o celular vibrando em cima da mesa.

André assentiu.

— Sim. Barulhento demais. Eu me lembro do dia em que Nino falou que iria deixar o hospital, o consultório, e iria fazer uma missão na África. Eu ri quando ele contou que precisava ficar inacessível. Às vezes parece fazer sentido...

— Eu também consigo ver sentido. Você quer um tempo para pensar sobre Deng-Deng?

— Não, Mariana. Você, que esteve com ele nos últimos tempos, deve saber melhor que eu qual seria a vontade dele. O que eu tenho que fazer?

— Não sei, mas o Albert pode te ajudar nisso. E eu, no que você precisar.

— Toca isso então, Mariana. Eu assino o que for preciso.

———

Bento e eu voltamos a Belo Horizonte e eu fui procurar um apartamento para alugar. Deixei que ele escolhesse o que mais gostasse e comprei o essencial: duas camas, uma escrivaninha para ele, geladeira e fogão. Paralelamente, tornei a abrir meu consultório, enquanto resolvia com Rosie e Albert a situação de Deng-Deng. Albert, que era o único que havia ouvido de Nino que Deng-Deng era seu filho além de mim, foi fundamental no processo.

Nino não tinha nenhum imóvel, mas tinha uma boa quantia de dinheiro guardada. Conseguimos transferir tudo para Deng-Deng e Albert ficou responsável por orientar o menino e sua mãe sobre como administrar aquela quantia, que, para eles, era uma fortuna. Albert disse que eles haviam resolvido ir morar em Juba e que Deng-Deng começaria a estudar em um colégio técnico e fazer um curso de inglês. Fiquei muito feliz.

Deng-Deng me ligou algumas semanas depois. Disse que queria ter ligado antes, mas não conseguiu por conta da mudança. Agradeceu tudo que eu havia feito por ele, por ele e sua mãe. Em seguida, Albert me ligou pedindo meu endereço. Também queria agradecer tudo que havia feito.

— Imagina, Albert. Obrigada você por tudo.

— Você me dá seu endereço? Deng-Deng e Rosie querem enviar uma coisa.

Depois de um mês, chegou um embrulho em casa. Vi a bandeira do Sudão do Sul no selo e meu coração apertou. Abri o pacote e primeiro vi uma pulseira igual à minha. A mesma pulseira que eu havia dado a Tina, mas uma nova. Amer havia me enviado uma pulseira dinka. E, embaixo dela, havia seis cadernos. Demorei para perceber o que era aquilo, e comecei a tremer quando entendi que eram os diários de Nino.

Li os primeiros em um ímpeto. Nino estava em cada folha desenhada, em cada foto colada, em cada frase. Acho que nunca me senti tão perto dele como nas horas em que fiquei folheando seus cadernos. Quando cheguei ao último, tive uma premonição. Eu estaria ali, e não estava preparada para saber o que Nino escreveria sobre mim. Ele nunca dissera nada, e esse silêncio era muito importante, pois eu não poderia ouvir de Nino que era apenas mais uma. Consegui assumir esse papel, sofri ao vê-lo com outras mulheres, mas nunca ouvi da sua boca que para ele eu era apenas mais uma. Por isso, fechei o último diário e não abri mais.

A vida seguiu, como sempre segue. Eu pensava em Nino diariamente. Estava feliz com meu trabalho, e o consultório cheio não me cansava mais. Carlos e eu tínhamos a guarda compartilhada de Bento, o que me dava dias de folga de sua adolescência rebelde e momentos deliciosos juntos. Tinha começado a sair com algumas pessoas, nada sério, mas isso me fazia muito bem. Minha vida financeira já estava estabilizada e eu comecei a mobiliar melhor meu apartamento. Bento estava me ajudando a colocar as coisas na estante nova quando me mostrou os cadernos de Nino:

— O que é isso?

— São os diários do Nino.

Eu os havia colocado em um canto e nunca mais chegara perto. Minha sensação era a de que eram um campo minado, e que, em um movimento errado, uma bomba explodiria sobre mim.

— Sério? Posso ler?

Fiquei pensando por um minuto. Eles eram explosivos apenas para mim, e, mesmo sendo uma invasão na vida de Nino, Bento era meu filho, e ler seus diários seria uma forma de conhecê-lo. Deixei que os levasse para o quarto e só pedi que fosse cuidadoso. Depois de uns dias, refletindo sobre meu receio de me aproximar do último caderno, me ocorreu que talvez Nino tivesse escrito coisas sobre mim que não faria nada bem a Bento ler. Fiquei com o coração pesado e, assim que ele chegou da escola, perguntei se já havia lido. Ele disse que sim, que não lera tudo mas que tinha folheado grande parte.

— Não consegui entender tudo que ele escreveu. Tem muita filosofia ali! Mas consegui entender o que você quis dizer sobre ele não conseguir pertencer a uma pessoa e sim ao mundo. Ele sofria com isso, né, mãe?! Gostava tanto de você mas sabia que não dava para ficarem juntos...

— O que você disse?

— Que ele sofreu também de não ter ficado com você. Do jeito que você falou, achei que ele não se importasse...

Levantei da mesa tão rápido que derrubei a cadeira. Corri para o quarto de Bento e abri o diário.

"Eu calarei meu amor por você,
já que nada posso te dar senão o desgosto
de te fazer sofrer.
Mas você, eu sei, será o único amor que conhecerei.
Eu me vejo em seus olhos e te reconheço
em minha voz.
E sei que, se ficássemos juntos, eu mesmo morreria.
Escolho então amá-la em silêncio, e só carregar
comigo essa imagem de você
dormindo como um farol em uma noite escura.
Logo nós partiremos.

Você retornará ao Brasil.
Encontrará outro abraço, outros beijos.
Mas eu sei que quem te resgatou fui eu.
Eu te salvei de seu estado desordenado.
Eu te mostrei a sua essência.
Eu te nomeei selvagem.
E agora, seguirei sem você.
E a terei, como ninguém, porque eu pude partir.
Mariana, todo o brilho das estrelas,
toda a paisagem, todo grito que ouvir,
tudo será sua ausência eternizada."

Reli mais de cem vezes o poema. A cada vez, era invadida por um novo sentimento. Até raiva senti. Mas, aos poucos, uma alegria imensa foi tomando conta de mim. Eu havia vivido um grande amor. Através dele, eu me tornara maior. Era, sim, uma grande história, e nada tiraria isso de mim. Lembrei do dia em que falei para Nino que ele era um selvagem. Ele me olhou surpreso. Não entendi o motivo do espanto, e logo mudamos de assunto. Só no dia seguinte ele veio me dizer que nunca pensara que aquela palavra o definisse tão bem. Disse que eu havia entendido sua alma. Na sua poesia, ele também me nomeia selvagem. Fez de mim sua companheira, sua igual.

Nino falava de mim desde o dia em que nos conhecemos. Primeiro teve curiosidade, depois interesse. Diferente de mim, que o amei desde a primeira vez, seu amor foi crescendo aos poucos. Nino me amava, mas estava disposto a me perder. Foi uma escolha, sem dúvida. Uma escolha forte e corajosa, como seria qualquer escolha de Nino.

Aprendi com ele que a única forma de amarmos alguém incondicionalmente é sendo fiel à nossa essência. Ele não deixaria seu amor se tornar algo vulgar. O amor, para Nino, era algo sublime, assim como ele. E por isso o manteria incólume, longe de um dia a dia esmagador.

Lembro que, na noite em que surpreendi Nino escrevendo em seu diário, desejei morar em suas páginas, naquilo que ele tinha mais próximo de um lar. Eu não sabia que já morava nele. Morava da maneira que mais desejei. Com amor. E com renúncias.

Só depois de ler seus diários percebi que eu também não queria que ele deixasse de ser quem era. Por isso consegui me desacorrentar de Nino naquele amanhecer em Bentiu PoC e partir.

Esta obra foi composta em Minion Pro 12 pt e impressa em
papel Pólen bold 70 g/m² pela gráfica Paym.